異世界ゆるり紀行 ～子育てしながら冒険者します～ 11

Minazuki Shizuru
水無月静琉

アレン
水神の子で、妹・エレナと
ともにタクミに保護された
少年。格闘術が得意。
タクミ・カヤノ
異世界に風神の眷属として
転生した本作の主人公。
アレンとエレナの保護者。
ルカリオ
ルーウェン家に生まれた
ばかりの赤ちゃん。
エレナ
水神の子で、タクミに
保護された少女。
格闘術が得意。

マイル
タクミの契約獣となった
フォレストラット。
フィート
タクミの契約獣となった
飛天虎。小型にもなれる。
ベクトル
タクミの契約獣となった
スカーレットキングレオ。
小型にもなれる。
ボルト
タクミの契約獣となった
サンダーホーク。
ジュール
タクミの契約獣となった
フェンリル。
小型にもなれる。
登場人物
CHARACTER

第一章　合同依頼を受けよう。

僕は茅野巧《かやのたくみ》。エーテルディアという世界に転生した元日本人。

この世界の神様の一人である風神シルフィリール——シルがうっかり起こした不慮《ふりょ》の事故が原因で命を落としてしまったんだけど、責任を感じた彼によって転生させてもらったのだ。

転生してから気がついたのだが、何故か僕はシルの眷属《けんぞく》となっていて、しかもステータスに表示される種族は【人族？】と……人間まで辞めてしまったようだ。だがまあ、眷属としては仕事も役目もないとのことで、普通に冒険者となって気ままに生活している。

……いや、最初に降り立ったのがガヤの森というかなり危険な場所であったことと、そこで双子の子供を保護したことは、『普通』とは言い切れないか。

実は、その双子は水神様の子供で、シルの差し金によって保護することになったんだけど……アレンとエレナと名づけて、僕の弟妹として一緒に生活している。

いろんなことがあったが、この世界来てもう一年とちょっと、そろそろ二度目の夏がやってこようとしている。

今はどこにいるかというと、僕の後見をしてくれているルーウェン伯爵《はくしゃく》が領主として治める土地、ルイビアの街。

そこに伯爵夫人のレベッカさんや、その子息であるグランヴェリオさんと再会するためにやってきたのだ。

そして、僕達はその街で、のんびり過ごしたり依頼をこなしていたりと、いつものように楽しく過ごしている。


今日はひょんなことから知り合った、エヴァンさんとスコットさんという冒険者と一緒に依頼を受ける予定だ。

二人が組んでいる冒険者パーティ『鋼《はがね》の鷹《たか》』はBランクらしいので、僕達Cランクパーティの『白き翼《つばさ》』より格上の存在である。なので、今日はいろいろ勉強させてもらおうと思っている。

「夜光茸《やこうだけ》なんてどうですか？」

「お、いいんじゃないか」

冒険者ギルドで『鋼の鷹』と待ち合わせした僕達は、まずは依頼ボードに貼《は》られている依頼書を吟味《ぎんみ》する。

僕の言葉にエヴァンさんが頷《うなず》いていると、スコットさんが別の依頼書を示す。

「そうですね。それと、これはどうです？」

「いいですね」

「「これはー？」」

話し込む僕達を見て、アレンとエレナも依頼書を差した。

「クラーケンの素材……アレン、エレナ、それはちょっと止めておこうか」

「「だめー？　じゃあ、これー」」

「どれどれ……フレアトータスか？　これならいいんじゃないか？」

「そうですね。それならいいと思いますよ」

「「やったー」」

エヴァンさんとスコットさんの許可も得て、最終的には魔物素材系の依頼を二つ、薬草系の依頼を一つ選んだ。

「よし、これで決まりだな」

「では、受付をして行きましょうか」

「そうですね」

「「もういくー？」」

「行くよ～。アレン、エレナ、準備はいいかい？」

「「うん」」

受付を済ませた僕達は、早速街を出た。

「山と海岸、どっちから行きますか？」

「そうだな～、まずは山のほうに行ってジャンボエルクを探しつつ、夜光茸を採取できる場所に向かうか。そっちが片づいたら海岸のほうに回ってフレアトータスだな」

「それがいいでしょう」

「「やま～、いこう、いこう！」」

僕とエヴァンさん、スコットさんの話し合いで行き先が決まると、アレンとエレナが今にも走り出しそうになる。

「こらこら！　アレン、エレナ、勝手に行くんじゃないよ」

「「えぇ～」」

「ほら、手を繋《つな》ぐよ」

油断するとすぐにどこかに行ってしまいそうなので、久しぶりにアレンとエレナの手を繋ぐ。

やや不満そうな子供達だったが、一度繋いでしまえば、楽しそうに手を大きく振りながら歩く。

「「えへへ～」」

「仲が良いな～」

「そうですね。ほのぼのします」

「俺らの気も緩《ゆる》みそうな気がするが……まずいよな？」

「気をつけましょう」

エヴァンさんとスコットさんは僕達のことを微笑《ほほえ》ましく見つつも、気を引き締めているようだ。

「「あっ」」

「ん？　どうしたんだ？」

「やくそうあった～」

「とってくる～」

薬草を見つけた子供達が早速駆け出そうとするが、手を繋いでいたため阻止《そし》できた。

そんな僕達を見て、エヴァンスさん達が声を掛けてきた。

「タクミ、子供達を自由にしていいぞ。なあ、スコット」

「ええ、構いませんよ」

「いいんですか？　この子達、本当に動き回りますよ？」

「どこかに行ったまま帰ってこない……ということはないのでしょう？」

「それは大丈夫ですね」

もしはぐれても位置がわかるようになっているからな。でも、子供達が迷子になること自体が想像できないかな？

「じゃあ、問題ないな」

「では、お言葉に甘えます。アレン、エレナ、目の届く範囲《はんい》からいなくなるなよ」

「「は～い」」

エヴァンさんとスコットさんの許可が出たので子供達の手を離すと、二人は嬉々《きき》として薬草に向かって走り出す。

「リリエそうあった～」

「クレンそうもあったよ～」

子供達は採取した薬草を手に持って嬉《うれ》しそうに戻ってきた。

それからも、少し進んでは薬草を見つけるという行動を繰り返す。

「「またあった～」」

「短時間でこんなに……」

「凄《すご》いですね。自分達で稼いでいるって聞いていましたが、ここまでとは思いませんでした」

薬草を採っては僕のところに持ってくる子供達を見て、エヴァンさんとスコットさんが呆気《あっけ》に取られている。

今のところは、普通に見つけられる薬草しか採取してきていないんだけどな～。

「「あっ！」」

「お、また何か見つけたのか？　今度は何を見つけたんだ？」

さすがに慣れてきたのか、子供達が突然走り出すのをエヴァンさんが視線だけで追う。

「ちょっと待ってください！　エヴァン、あれ!!」

「ホーンラビットじゃないか！」

子供達の行く先に魔物がいたので、スコットさんとエヴァンさんが慌てる。

「エヴァン！」

「おうよ！」

「あ～……二人なら大丈夫ですよ？」

「いえ、タクミさん。ホーンラビットは弱いとはいえ魔物ですよ」

僕が止める間もなく、スコットさんの言葉に従い、エヴァンさんが武器を構えて子供達のところへ走っていく。

「やぁー」

「……」

だが、エヴァンさんが追いつく前に、子供達はあっさりとホーンラビットを倒してしまっていた。

僕の横で呆然《ぼうぜん》とするスコットさんと、途中で走るのを止めるエヴァンさん。

「たおしたー」

「うん、おかえり」

アレンとエレナはホーンラビットの死骸《しがい》を引っ張りながら帰ってきた。エヴァンさんも一緒に。

「アレン、エレナ、エヴァンさんとスコットさんが驚くから、魔物がいた時はまずは僕に言う。できるよね？」

「んにゅ？　わかったー？」

とりあえず、魔物がいたらすぐに走り出さずに申告するように伝えると、二人は首を傾《かし》げながらも了承する。

そんな僕達の隣では、スコットさんとエヴァンさんが感心したように頷いていた。

「運動神経が良さ気なのは、剣を振っているのを見てわかっていましたが……ここまでとは思いませんでしたね。なかなか良い動きでした」

「鮮やかで見事な蹴《け》りだったぞ」

「「えっへん！」」

二人に褒《ほ》められ、アレンとエレナは嬉しそうに胸を張る。

と、僕はそこでとあることを思い出す。

「そういえば、戦闘スタイルを教えていませんでしたよね？　子供達は先ほどのように蹴り技が主体で、あとは水魔法。僕は基本的に魔法で、よく使うのが風魔法です」

「そうでしたね。私達のほうは見ての通り、エヴァンが背中に背負っている大剣、私はこの剣です。魔法はあまり得意ではないので補助程度ですが、エヴァンが火、私は水を使います」

「ずっと思っていましたが、エヴァンさんのその大剣は凄いですよね～」

アレンやエレナよりも大きな剣。あれを振り回すのには、かなりの筋力を使いそうだ。

まあ、僕も振り回すだけならできそうだが、操ることはできずにすっぽ抜けて、どこかに飛んでいくことだろう。

「「おにーちゃん、おにーちゃん」」

「ん？　どうしたんだ？」

「オオカミきたー」

「いってくるね」

戦闘スタイルについて確認していると、アレンとエレナが魔物が来たことをしっかりと告げてから走り出した。

「グレイウルフが三匹ですね」

「俺達って、こんな風にのんびりしていていいのか？」

「あのくらいなら問題ないですね」

そんなことを話しているうちに、アレンとエレナはあっという間にグレイウルフのもとに辿《たど》り着《つ》き、あっさりと倒してしまう。

「俺達の出番がなくなるって、冗談や比喩《ひゆ》じゃなくて本気で言っていたんだな」

「そうですね」

武器の講習中、一緒に依頼を受けようと話していた時に僕が言っていたことを思い出したのか、エヴァンさんが大きく溜《た》め息《いき》を吐く。そんな彼を横目に、スコットさんが尋《たず》ねてきた。

「タクミさん、実際あの子達は、どの程度の敵なら問題なく戦えるのですか？」

「グレイウルフなら大型の群れでも大丈夫かな？」

「……Ｄランクの群れが大丈夫なのですか。では、冒険者ランクはあえて抑えてあるのですね？」

「ええ、子供ですからね」

アレンとエレナの冒険者ランクはDランクで、実力にしては低めだが、あの歳でDランクなのは非常に珍しい。これよりも上のランクになると、悪目立ちしてしまうこと間違いなしだ。

「身分証の代わりなのでFのままでも良かったのですが、それだとランクが高めの依頼をパーティで受けられないので、それでDランクです」

「ああ、なるほど」

子供達の実力やランクについて話をしていると、子供達が三匹のグレイウルフを引きずって戻ってきた。

「「おにーちゃん、これ、おいしい？」」

「ん？　ん～、ウルフよりちょっとだけ良いお肉かな？」

「「じゃあ、ふつー？」」

「……まあ、そうだね。普通かな」

「「そっか～、ざんね～ん」」

普通と聞いて、アレンとエレナが少しだけしょんぼりする。

「じゃあ、食べないのか？　それなら売ればいいさ」

「「おにくはだめ～」」

うちの子達は順調に食いしん坊《ぼう》に育っているため、食べもの……特に肉類は絶対に売ろうとしないんだよな～。

「良い肉なら取っておくのはわかるんだけど、普通の肉を消費できないほど持っていても仕方がないだろう。だから、少し売ろう？」

「「だめ～」」

頑《かたく》なだ……今度、こっそり売ってみようかな？

「「あっ！」」

「アレン、エレナ、どうしたんだ？」

「ちょっとまって～」

「ちょっとだけ～」

山を進んでいると、アレンとエレナが突然、道の脇《わき》にある茂《しげ》みに入って行った。

「何だ？　どうしたんだ？」

先行していたエヴァンさんが振り返って、何があったのか尋ねてくる。

「すみません。何か見つけたみたいで……」

「ははっ、タクミ、そんな申し訳なさそうな顔をしなくてもいいぞ」

「そうですよ。あの子達にはいろいろと面白い経験をさせてもらっていますからね。自由に行動させてあげてください」

エヴァンさんとスコットさんが寛大《かんだい》で本当に助かる。

こう度々脱線していたら、普通なら怒ったり嫌な顔をしたりするだろうが、二人はそんな様子がない。本当に突拍子《とっぴょうし》もない子供達の行動を楽しんでいるようだ。

「おにーちゃん！」

「いっぱいいたよ〜」

そうこうしているうちに、アレンとエレナが戻って来た。まあ、まだ声だけで姿は見えないけどね〜。それにしても……「いっぱいいた」とは何のことだろう？

「「うわっ！」」

戻ってきた子供達の姿を見て、僕だけではなくエヴァンさんとスコットさんも驚きの声を上げた。

何故なら、子供達はそれぞれ片腕に一匹ずつと頭の上に一匹、計六匹のパステルラビットを連れていたからだ。

「……またか」

「またぁ!?」

「タクミさん、ちょっと待ってください。『また』ということは、以前にもあったのですかぁ!?」

エヴァンさんとスコットさんは、思わず零《こぼ》した僕の言葉を聞き漏らさなかった。

「ええ、まあ……」

大量のパステルラビットとの遭遇は、一度……いや、二度経験があって、これが三度目になるのかな？

「アレン、エレナ、そのパステルラビット達はどうしたんだ？」

「「えっとね……あれ！　ほごした！」」

「……保護」

どこから覚えてくるんだ、その言葉は……。

「じゃあ、あれか。ギルドでまた飼い主を見つけるのか？」

「「それ！」」

「でも、それだと飼い主がどんな人かわからないぞ？」

大事にしてくれる人のもとへ行けるのであれば〝保護〟になるかもしれないが、悪い飼い主に当たれば〝保護〟にはならない。

一度目の時はマティアスさんに頼んで知り合いのもとに行ったので、どの子も可愛がられていると思う。だが、二度目の時は裏返した依頼書からアレンとエレナが選んで、どの依頼主のもとに行くか決まったので、パステルラビット達がどうなっているかはわからない。

「だいじょーぶ！」

「ちゃんとえらぶ！」

アレンとエレナはといえば、何故か自信満々である。

裏返した依頼書にも勘《かん》が働いているのだろうか？　うちの子達の勘は馬鹿にできないから、それなら大丈夫なのかな？

「まあ、パステルラビット達が納得しているのならいいか」

僕が《無限収納《インベントリ》》から大きな籠《かご》を取り出すと、アレンとエレナが慣れた手つきでパステルラビット達をそこに入れていく。

「「いやいやいや！」」

「タクミ、本当に待て！」

「そうですよ。タクミさん、ちゃんと説明してください」

エヴァンさんとスコットさんが説明を求めてくる。

「パステルラビットは知っての通り、とても弱いです」

「ああ、そうだな」

「ええ。しかし、危険を察知する能力に長《た》けていて、捕まえようとしてもなかなかできない魔物ですね」

二人の言う通り、それがパステルラビットの一般的な常識だな。だけど――

「どうやら、捕まえようとギラギラしていると、危険を感じて逃げるようなんです。そして、捕まえる気がないと、何故か寄ってきます」

「「まさか！」」

僕の説明を聞いて、エヴァンさんとスコットさんが目を見開く。

「実際にそうなんですよ。今だって籠に入れていますけど、閉じ込めているわけではないので逃げようと思えば逃げられる状態です。でも、逃げないでしょう？」

「……本当に逃げてないな」

「……ええ、嘘《うそ》のようです」

僕の説明に信じられなさそうにする二人だが、籠に入れられているパステルラビットをまじまじと見てしばらく呆然としていた。

「はい、どうぞ」

僕は籠からパステルラビットを抱き上げ、エヴァンさんとスコットさんにそれぞれ一匹ずつ手渡す。すると、二人は恐る恐るパステルラビットを撫《な》でていた。

「うわっ、懐っこいな～」

「ええ、飼っていれば懐いてくるとは聞きますけど……それでも初めのうちはなかなか懐かないはずなんですがね～」

「それ、捕まえられて怯《おび》えていたんじゃないですか？」

無理矢理捕まえられた後なら怯えているはずだ。そこから少しずつ、本当に少しずつ警戒を緩めて懐くのだろう。

僕の言葉に、二人は納得したようだった。

「それにしても、タクミ達と行動していると驚かされることばっかりだな～」

「本当にですね。まだ半日も経っていないんですけど、もう何度驚いたことか」

「今はまだ数えられる程度だが、絶対にまだまだ増えるだろうから、数えても無駄じゃないか？」

「それはそうですね」

今のところ驚かせているのは子供達であって、僕ではないと言いたいが……この先、僕がやらかさない保証はないしな～。うん、黙《だま》っておこう。

「「あっ！」」

アレンとエレナがまた何かを見つけて走り出した。

「お、今度は何を見つけたんだ？」

「薬草のようですね」

エヴァンさんとスコットさんは、子供達が次に何をやるのか、もはや楽しみなようだ。

「「また、いた～」」

そして戻ってきたアレンとエレナは、三匹のパステルラビットを連れていた。これで全部で九匹になったたな。

「またかよ！」

「普通はそんなにほいほい見つかりませんよね!?」

エヴァンさんとスコットさんからすかさず突っ込みが入る。

「「あとね～」」

「キノコも」

「あったの〜」

さらに、アレンとエレナが差し出したのは、今回の依頼の品である夜光茸だった。

「あ、これ、夜光茸だね」

「何っ⁉　おいおいおい！　まだ日が暮れてないぞ⁉　夜にならないと見つからないんじゃないのか？」

「いえ、エヴァン。日が暮れたほうが探しやすいだけで、見つからないわけではありません。ありませんが……そう簡単に見つかるものではありませんよ？」

エヴァンさんとスコットさんが今度は呆《あき》れたような声を出す。

夜光茸はその名の通り、夜になるとほんのり光るキノコだ。だが、生えている場所が木陰《こかげ》などの見つかりづらい場所であるため、ほんのり光っていてもはっきりとはわからない。

それなのに、アレンとエレナは光ってもいない夜光茸を見つけてきたのだ。

「よく見つけたな〜」

「「このこたちいた〜」」

「ああ、パステルラビットがいたところに、ちょうどキノコがあったのか？」

「「そう！」」

偶然だったらしい。それにしても、運がいいな。

「夜光茸だってわかって採ってきたのか？」

「「うん！」」

「よく特徴を覚えていたな～。偉い、偉い！」

「「えへへ～」」

光っていない夜光茸は、ほとんど特徴がなく、他のキノコと見分けがつきづらい。

なので、明るい時間帯に採取するには、しっかりと特徴を覚えていないといけない。

だが、子供達はキノコだからと採ってきたのではなく、ちゃんとわかっていて採ってきたようだ。

「この子達、ヤバいな」

「ええ、本当に。エヴァン、タクミさんの言った通り、私達の出番がなくなりそうですよ」

「それは本当にまずいな」

「ええ、ここからはいっそう気を引き締めて行きましょう」

「おう」

エヴァンさんとスコットさんがこそこそと二人で話し合い、気合を入れ直していた。


「……まさか」

引き続き、子供達が採取しながら山を進んでいると、スコットさんが思わず……といった風に声を漏らす。そんな彼の姿に、エヴァンさんが首を傾げていた。

「スコット、どうしたんだ？」

「いえ、子供達が採っているものが黄昏草《たそがれそう》だったので、目を奪われていただけです」

「えっ、黄昏草⁉　それ、俺でも知ってるやつ！　滅多に見つからない薬草じゃなかったか⁉」

「その通りです」

稀少《きしょう》な薬草を見つけて採っている子供達を、スコットさんが呆然と眺め、エヴァンさんは驚きながら凝視《ぎょうし》している。

「おにーちゃん！」

「こっち、こっち！」

「「ヒカリそうがあったー」」

「え、ヒカリ草？　また凄いものを見つけたな～」

「「……」」

ヒカリ草もまあまあ稀少な薬草だ。ほいほい見つけられるものじゃないはずなのだが……うちの子達は簡単に見つけてくるな～。

エヴァンさんとスコットさんは、とうとう黙り込んでしまった。

「「あっ！　あれ！」」

そんな時、アレンとエレナが今回の依頼の対象であるジャンボエルクをいち早く発見する。

そしてすぐに、エヴァンさんとスコットさんもそちらに目を向けた。

「お、ジャンボエルクだ」

「エヴァン、依頼の品は角と皮ですから、傷つけないようにしてくださいよ」

「わかってるよ。――って、おい!?」

エヴァンさんとスコットさんが慎重に相談している間に、アレンとエレナが走り出していた。

「おい、ちょっと待て！」

「「や～」」

エヴァンさんが慌てて子供達を追いかけていく。

「そいつは俺にやらせろ！」

「「えぇ～～～」」

「頼むから」

「「むぅ」」

エヴァンさんが子供達相手に真剣に頼み込みだした。走りながらね。

「あとで遊んでやるから！　な？」

「「ん～、わかった」」

アレンとエレナがピタリと立ち止まる。

どうやら、遊んでもらえるならと獲物を譲ったようだ。

「はぁー！」

エヴァンさんはジャンボエルクに向かって走りながら、背負っている大剣を抜く。

そして、そのまま思いっ切り振り抜いて、ジャンボエルクの首をすぱりと落とした。まさに一刀両断。

「「おぉ～」」

「凄い！」

豪快《ごうかい》だが、とても的確に急所を捉《とら》えていた。

「お疲れ様です、エヴァン」

「よし、これで二つ目の依頼が完了だな」

「その大剣でよく首を狙《ねら》えますね」

「まあ、それは訓練と実践《じっせん》の成果だな」

感心した僕の言葉に、エヴァンさんは頷いた。

訓練に実践か～。まあ、やっぱりそれが大事だよね。

「じゃあ、さくっと解体しちゃうから、ちょっと待っててくれ」

エヴァンさんがジャンボエルクの解体を始めると、アレンとエレナが近くで見学していた。

「スコットさん、これからどうしますか？　予定を繰り上げて海岸に向かいますか？」

「んー、そうですね～。急ぐ必要はありませんから、やはり予定通り夜光茸の採れるという場所に向かいましょうか。夜光茸は多くても買い取りしてもらえますからね。どうですか？」

「僕はそれで大丈夫です。――アレン、エレナ、このまま山を進むけど、いいよね？」

「「いいよー」」

「エヴァンも構いませんね？」

「お〜」

子供達やエヴァンさんも了承したので、ジャンボエルクの解体が終わってからさらに森の奥へと進む。

「「んにゅ？」」

すると、アレンとエレナがまた何かを見つけたようで、突然茂みの奥へと突っ込んでいった。

「今度は何を見つけたんだろうな？」

「魔物の気配はありませんから、薬草ではないですか？」

エヴァンさんとスコットさんは子供達が何を見つけたのか予想している。だいぶ子供達の行動にも慣れてきたようだ。

スコットさんの言う通り近くに魔物の気配はないので、僕も追いかけずに待つことにする。

「「みて、みて！　キラキラしてるー」」

「「「っ!!」」」

しばらくして子供達が戻ってきたのだが、二人が持っていたものに僕達は絶句した。

「ちょ、ちょっと待て！　ク、クリスタルエルクの角だと!?」

「そ、それをどうしたのですか⁉」

「「もらったー」」

「「はぁ⁉」」

アレンとエレナが持ってきたものは角。それも水晶の角だ！

貰《もら》ったとは言っているが、どうやって貰ったかを先に確認しておかなければならない。

「アレン、エレナ、クリスタルエルクと会ったのか？　貰ったってことは、倒したり怪我をさせたりはしてないな？」

「「してないよー？」」

「そうか、それならいいが。クリスタルエルクには絶対に怪我をさせちゃ駄目だよ」

「「うん、わかったー」」

クリスタルエルクは真っ白な毛並みに、水晶のような角が特徴のシカの魔物だ。

その角は身体欠損に効くポーション……手が生えたりする魔法薬の材料とされている。しかし他に代えが利かないこともあって、クリスタルエルクは一時期、乱獲《らんかく》されて絶滅の危機に晒《さら》されたことがあるようだ。

それで、クリスタルエルクを死傷させるのは全国的に禁止されることになった。角は定期的に生え変わるので、倒さなくても手に入るからな。種の保存が優先されたのである。

というわけで、クリスタルエルクは魔物なのだが、聖獣という括《くく》りだ。他に、浄化の作用のある角を持つユニコーンとかもそうだな。

「「おにーちゃん、はい！」」

そんなことを思い返していると、アレンとエレナが両手に抱えている水晶の角を差し出してくる。

「これ、売ったら絶対に騒ぎになるやつですよね？」

「当たり前だろう⁉」

「ええ、簡単には売りに出せません！」

だよね。売る必要があるなら、国……ガディア国の王様であるトリスタン様に売ったほうがいいだろう。というか、確実に欲しがると思う。なので、ルーウェン家次男のグランヴァルト様——ヴァルト様の結婚式に参加するために王都に行く予定があるから、その時にでも売り込めばいいか。

「じゃあ、売らずに僕が買い取ったということにして、相場の半分を二人に渡せばいいですね」

とりあえず、すぐに角を売るのは避けようと、別の案を出してみる。

「「いやいやいや！」」

すると、二人はとんでもない勢いで首を横に振った。

「タクミ、何を言っているんだ⁉」

「そうですよ。何故、角の料金を私達が受け取らなくてはいけないんですか⁉」

「いや、でも、依頼中に手に入れたものは売って、総額を分けるものなんですよね？」

武器講習をしてもらった時にスコットさんに説明されたことだ。道中で倒した魔物や手に入った薬草とかは基本的に売って、それも報酬と一緒に分けるものだってね。

その分配の割合は、僕達は半々と話してあった。

「それは協力して手に入れたものについてです。子供達だけで倒した魔物や採取した薬草、それにパステルラビットについては、勘定には入れないでください。その分を受け取ってしまっては、私達の立つ瀬がありません」

「そうだ、そうだ！」

スコットさんの言葉にエヴァンさんが同意する。

依頼中に手に入れたものは全てのはずなんだが、いろいろ除外された。

「え～、後から採《も》めるからしっかりと報酬の割合を決めておけと教えてくれたのはスコットさんじゃないですか。それで半々って決めたのに、覆《くつがえ》すんですか～」

スコットさんが言っていることは、僕達にとっては利益が増えて悪いことではないので、反論する必要はないんだけど……何となく反論してみた。

「〝基本的に〟と言いました！　これは基本的なことではありません！」

「えぇ～」

「タクミさん、完全に面白がって言っていますよね？」

「あ、バレました？」

スコットさんと楽しく話していると、アレンとエレナが僕の服の裾《すそ》を引っ張ってくる。

「「ねぇ、ねぇ、おにーちゃん」」

「どうした？」

「「あれー」」

「ん？　――クリスタルエルクっ‼」

アレンとエレナが示す方向に、いつの間にかクリスタルエルクがいた。

「うわっ、マジか」

「……本物ですか？」

僕もかなり驚いたが、エヴァンさんとスコットさんの驚きは僕以上で、完全に動きを止めている。

「あ～、でも、そうか……」

そういえば、アレンとエレナは、角を貰ったと言っていた。それなら、クリスタルエルクが近くにいて当たり前だよな～。

「「おにーちゃん、おいでだって～」」

「おいで……って、クリスタルエルクが？」

「「うん、そう！　いこう！」」

子供達はそう言うと、僕の手を引いてクリスタルエルクに近づいて行く。

「どうも、こんにちは」

『クー』

クリスタルエルクの傍《そば》に連れて来られたが、どうしたらいいのかわからなかったので、とりあえず挨拶《あいさつ》をしてみたら……返事があった。

普通に意思疎通《いしそつう》ができているな。たぶん。

「えっと……子供達が角を持ってきたんですが、本当にいただいてもいいんですか？」

『クー』

「大変助かります」

クリスタルエルクは、鳴きながら頷く。

聖獣と言っても野生の生きものなんだが、かなり大人しい性格のようだ。

「「どうしたのー？」」

『クー、クー』

アレンとエレナが無邪気にクリスタルエルクに抱き着く。

「「うん、うん。そうなんだ～」」

「……」

アレンとエレナは……クリスタルエルクと会話しているんだろうか？　あれは意思疎通とか、そういう感じではないな～。

うちの子達は神様の子供だから、聖獣と会話できるんだろうか？

「おにーちゃん」

「あっちだってー」

「あっちがどうしたんだ？」

「いっしょに」

「いくー」

子供達がそう言うと、それを待っていたかのようにクリスタルエルクが歩き出した。

しかも、いつの間にか背に乗っていた子供達を連れて。

いつぞやのグリフォンに続き、クリスタルエルクにも誘拐《ゆうかい》されている？

「おーい。ついて行かないと駄目なのか？」

「「そう！」」

「……そうか」

アレンとエレナが後ろを振り向きながら手招きしてくる。

「エヴァンさん、スコットさん――」

「タクミ、問題ない。先に行け」

「私達は少し距離を取ってついて行きます」

エヴァンさんとスコットさんに、クリスタルエルクについて行く了承を得ようと思って振り返ると、名前を呼んだ時点で二人から食い気味に了承された。

しかも、クリスタルエルクが離れたので、やっと僕のほうに寄ってくる。

「いやいや、どうして距離を置くんですか。一緒に行けばいいじゃないですか」

「「無理」」

「……」

二人同時に拒否られた。見事と言えるほど声を揃《そろ》えてだよ。

「「おにーちゃん、はやく～」」

「はいはーい」

先を行く子供達に催促《さいそく》されたので、もう一度エヴァンさんとスコットさんを見たが、二人からにこやかに手を振られた。まるで〝いってらっしゃい〟と言わんばかりにね。

「あ、パステルラビットは私が預かりますよ」

さらに、にっこりと微笑むスコットさんが、パステルラビットが入った籠を受け取ろうとこちらに手を差し出してくる。

「……お願いします」

これはもう何を言っても駄目だと思い、僕はパステルラビットを預けてから、駆け足で子供達とクリスタルエルクの下へと向かったのだった。

「で、どこに行くんだ？」

「「んとね～、もうちょっと？」」

子供達はどこに行くのかまでは聞いていないらしい。

「危ないところに連れて行かれるわけではないんだな？」

『クー』

「「だいじょーぶだって」」

危険はないようなので、僕達は大人しくクリスタルエルクの誘導で山の奥へ進んでいく。

ちなみに、ちらりと後方を窺《うかが》うと、エヴァンさんとスコットさんは、しっかりと一定距離を保ってついて来ていた。

『クー』

「「ここ？　——おにーちゃん、ついたって！」」

そして、辿り着いた場所は、小川が流れる渓谷《けいこく》だった。

「「あっ、なかまー」」

「うわっ、本当だ」

驚くことに、その渓谷には、案内してきた個体以外のクリスタルエルクがいた。

「もしかして、ここは巣か？　え？　そんな大事な場所に僕達を連れてきて大丈夫なのか⁉」

僕達はクリスタルエルクを狩る気はないが……ここは人間をほいほい連れてきてはいけないところだろう⁉

『クー』

「うわっ、何だこれ！」

「「おぉ～、いっぱい！」」

さらに、クリスタルエルクが示したところには、大量の角が転がっているではないか！

「「くれるのー？」」

『クー』

「「ありがとう！」」

「いや、待って！　本当にちょっと待って！」

僕の思考処理が追い付かない。

「「おひっこし？」」

『クー、クー』

「「そうなんだ～」」

僕の混乱をよそに、子供達とクリスタルエルクのやりとりは続く。

それからひと通り話を聞き終えたアレンとエレナが言うには、クリスタルエルクは棲み処《すみか》を別の場所に移す予定なので、ちょうど近くにいた僕達に角をくれるらしい。

クリスタルエルクは、自身の角に価値があることを知っているようで、下手な人間には渡したくないって……凄く具体的な内容だな⁉

「「おにーちゃん、よかったね！」」

「いや〜……さすがにこれを貰うわけには……」

いくらなんでも「はい、ありがとう」と受け取るには気が引けるものと量である。

「だめなのー？」

『クー？』

「……」

僕が躊躇《ためら》っていると、子供達とクリスタルエルクは揃って首を傾げる。

しかも、周りにいる他のクリスタルエルクまで首を傾げているではないか！

「……駄目っていうわけじゃないんだけどな」

「じゃあ、もらおう！」

「えっ？」

完全に拒否できずにいると、アレンとエレナが角を拾っては僕に渡してくる。

「はい！」

「ほい！」

「ちょっ!!」

「これも！」

「こっちも！」

一つ目を咄嗟《とっさ》に受け取ってしまったのがいけなかった。

アレンとエレナが、次々と僕の腕に容赦なく角を積み上げていく。しかも、クリスタルエルクも手伝っているではないか！

「うわっ、二人ともちょっと待て！　これ以上は持てないから！」

「しまって、しまって！」

「まだまだあるよ！」

僕は抵抗するのを諦《あきら》めて、おとなしくクリスタルエルクの角を《無限収納《インベントリ》》に収めていく。

もうこれはいっそのこと、トリスタン様を通して各国に配るか？　今はどこの国の王も良い君主のようだしな～。

そんなことを考えているうちに、大量にあった角の収納が終わった。

「ありがとう。ありがたくいただくよ」

『クー』

改めてお礼を言うと、クリスタルエルクが満足そうに頷いた。

「「ばいばーい」」

大量の角を貰った僕達は、クリスタルエルクに別れを告げて、渓谷を後にするのだった。

◇　◇　◇

クリスタルエルクの巣を離れた僕達は、日が暮れる前に野営に適している場所を探すことにした。良い具合に夜光茸の採取地に近かったしね。

「すげぇ、疲れた」

「私もです」

そして、良い場所を見つけて腰を落ち着けた途端、エヴァンさんとスコットさんがぐったりとして項垂《うなだ》れる。

「……お疲れ様です。僕が周囲の警戒と食事の用意をしますので、休んでいてください」

「おー、悪い。頼む」

「すみませんが、お願いします」

エヴァンさんとスコットさんの了承を得て、僕は晩ご飯の準備を始める。

「さて、ご飯は何にするかな？」

「「んとね～……」」

エヴァンさんとスコットさんには気苦労を掛けたようなので、美味しいものを食べてもらいたい。

そう思いながら、子供達に何が食べたいか確認する。

「アレン、カレーがたべたい！」

「エレナも！　おにくとやさいいっぱいの！」

「カレーな。いいよ。でも、ご飯じゃなくてパンな」

「『うん、パンもすき！』」

子供達がカレーをリクエストしてきたので、了承した。まあ、さすがにカレーライスにするのは止めたけどね。

この世界でお米は『白麦《しろむぎ》』という穀物《こくもつ》で、家畜用の飼料に使われることが多い。今まで食べさせて拒否反応を見せた人はいないが、今、エヴァンさんとスコットさんはお疲れの様子だから、驚かせるのは控えようと思ったのだ。

「じゃあ、早速作るか」

「おにくゴロゴロー」

「やさいもゴロゴロー」

「了解。肉はオークでいいかな？」

「『うん！』」

子供達のリクエスト通り、肉も野菜も大きくゴロゴロとしたカレーを作っていく。

「すごい腹の減る匂《にお》いだ。これは近頃フィジー商会が売り始めた調味料……カレーだっけ？　それを使った料理か？」

「はい、そうです」

カレーの匂いが漂《ただよ》い始めると、エヴァンさんが近寄ってくる。

フィジー商会は着実にカレー粉の知名度を上げているようだ。

「よし、カレーはもう少し煮込めばいいな。あとはサラダかな」

「「おにーちゃん、タレはー？」」

「ドレッシングな」

「「それ！　ドレッシングもつくるー？」」

「作るよ～。何がいい？」

「「タシねぎー！」」

「了解」

タシ葱《ねぎ》――玉葱ドレッシングを作り、サラダができあがった頃には、カレーも良い具合に煮込まれていた。というわけで、すぐに食べることにする。

「これはアレンとエレナのな」

「「はーい」」

「エヴァンさんとスコットさんもどうぞ」

「美味《うま》そう～」

「とても美味しそうですね。スープのようでスープではないんですね」

深めの皿によそったカレー、タシ葱のドレッシングをかけた生野菜のサラダ、白パンと新作チーズパンを配ると、子供達だけでなくエヴァンさんとスコットさんもワクワクとした表情をしていた。

そして、食べ始めれば、みんなは黙々と食べ進めていく。

「タクミ！　どれも美味い！」

「本当にとても美味しいです。何しろ、エヴァンに野菜を食べさせるなんて凄いです」

「このサラダにかかっているタレが美味いからな！　これなら食える！」

……苦笑するスコットさんの表情を見る限り、エヴァンさんは野菜嫌いらしい。

「うちの子供達もドレッシングをかける前は食べるのを嫌がりましたが……」

「では、エヴァンは子供と一緒ということですね」

「だって、草だぞ！　味がなければ、食えたもんじゃないだろう！」

草って……まあ、サラダに使う野菜は葉っぱものが多いけどさ〜。

「そういえばタクミさん、サラダにかかっているものはドレッシングというものなんですか？」

「ええ、はい。これは炒《いた》めたタシ葱に、ショーユと酢などの調味料と油を混ぜたものです」

「そうなんですか？　というか、教えていただいても良かったのですか？　秘蔵のものなのでは？」

「秘蔵!?　いやいや、そんなものじゃないですって！　ただ調味料を混ぜたものですから！」

「これほどの味でしたら、食堂で提供したら大繁盛《だいはんじょう》しますよ。どうですか？」

どうですか？　って、僕に食堂を経営してくれって言っているのかな？

「食堂をやる予定はないですね。レシピが欲しいならあげますから、自分で作るか、泊まっている宿で作ってもらってください」

「……タクミさん、そういうレシピはほいほい人に渡すものじゃありませんよ」

「親交がある人にしか渡していませんよ」

「普通は親交があったとしても渡しませんよ」

「じゃあ、僕は普通じゃないんで」

「……」

レシピをほいほい渡しているつもりはないが、とりあえず今は開き直ってみた。

そんな僕に、スコットさんは絶句している。

「それで、レシピはいります？」

「……お願いします」

「ふふっ、了解です」

にやにや笑いながらスコットさんを見ると、スコットさんは〝参りました〟とばかりに深々と頭を下げていた。あとで紙にレシピを書いておこう。

「タクミ、カレーとチーズの入ったパンのお代わりはあるか？」

「ありますよ。食べますか？」

「頼む！」

「アレンもー」

「エレナもー」

「はいはい」

僕とスコットさんが話している間、マイペースに食べ進めていた子供達とエヴァンさんはお代わりを要求してくる。

「このパンも初めて見たんだが、タクミが作ったのか？」

「まあ、そうですね。でも、冒険者ギルドのすぐ傍のパン屋に売っていると思いますよ」

一緒に開発したパン屋さんはそことは違う店だが、レベッカさんがギルド傍のパン屋でも売れるようにすると言っていたので、きっともう売っているだろう。

「クリームパンとか売っている店だな！　最近いろんなパンが増えたから、その日の気分で選べていいよな！」

どうやらエヴァンさんは、店の常連のようだ。

「甘いものが大丈夫なら、食後に甘いものはいりますか？」

「「いる！」」

一応、エヴァンさんとスコットさんに聞いたのだけど、元気よく返答したのは子供達だった。だが、エヴァンさんとスコットさんも期待するような目をしていたので、冷やしたミルクプリンで口の中をさっぱりさせた。

少し食後の休憩をしていたところで良い具合に薄暗《うすぐら》くなってきたので、軽い運動がてら夜光茸を探しつつ散策することにした。

「「ん～、あっちかな～。――あっ！」」

アレンとエレナが気になる方向へ適当に歩いていると、二人は声を上げる。

「あそこ！」

「あった！」

子供達が示す方を見れば、ほんのり光る場所が目に入った。

「「いっぱいあったー！」」

「お、夜光茸の群生地だな」

早速とばかりに、アレンとエレナが張り切って採取しに走っていく。

「……あっさり見つかったな～」

「……ですね。それも一つや二つじゃなくて、群生地です」

一緒に散策に来ていたエヴァンさんとスコットさんが、大きく溜め息を吐く。

「運が良かったですね～。群生地だから遠目でも光って見えましたし」

単体の夜光茸だと木陰などに隠れて見つけづらいものだが、見つけたのは群生地だったのでとてもわかりやすかった。

そう思いながら言うと、エヴァンさんがジト目を向けてくる。

「運が良かった？　それで済む話か？」

「それで済ませましょう。深く考えても疲れるだけです」

「そうだな。――じゃあ、子供達だけに任せないで俺達も採取するか」

「ええ、そうしましょう」

エヴァンさんとスコットさんも採取を始めたので、僕も夜光茸を集める。

「「おにーちゃん、みて～」」

「んー？」

「ツキヨコケと」

「つきみそうも」

「「あったよ～」」

「おぉ、良いものを見つけたな！」

ツキヨコケも月見草も、三つの月が同時に出る夜にしか採れない薬草だ。

本当に今日の子供達は本当に絶好調である。

「「いっぱいとったねー」」

「本当にな」

夜光茸、ツキヨコケ、月見草の他にもいろんな薬草を採った僕達は、ほくほくとした気持ちで野営場所に戻った。

そして、見張りはエヴァンさん、スコットさん、僕の順で三交代することになったので、子供達を毛布に包んで早々に眠りについたのだった。

翌日、まだ暗い時間にスコットさんと見張りを交代した僕は、周囲の警戒をしつつぼーっとしていた。そして明るくなってきたところで、朝ご飯と、ついでにお昼ご飯用にサンドイッチを作り始めた。

「「……うにゅ～」」

「おはよう」

「「おはよ～。いいにおい～」」

料理を作り終え、パステルラビット達に餌《えさ》をあげていると、子供達が目を覚ます。

二人は料理に気づいたらしく、目を擦《こす》りながら鼻をくんくんさせている。

「おいしそう～」

「あさごはん？」

「朝はスープと白パンだよ」

「「サンドイッチはー？」」

「サンドイッチはお昼用だよ」

「「ええ～」」

サンドイッチは、レタスとハムとチーズのサンド、たまごサンド、ツナマヨサンド、ポテサラサンド、カツサンド、テリヤキサンド。さらに生クリームにイーチの実、カスタードにナナの実のフルーツサンドを全部二組ずつ作り、半分に切ったものをセットにして一人前にした。あ、アレンとエレナはさらに半分、四分の一ずつだけどね。

サンドイッチのほうが豪華に見えるからか、子供達が不満そうな声を上げる。

「魚介たっぷりのミルクスープは食べたくないかい？」

「「たべる～」」

「じゃあ、朝ご飯はこっちな」

「「わかったー」」

貝やイカ、キャベツ、タシ葱などをたっぷり使ったクラムチャウダー風のスープが入っている鍋《なべ》を示せば、子供達は簡単に意見を翻《ひるがえ》したので、サンドイッチは《無限収納《インベントリ》》に収めた。

「……はよ～」

「おはようございます」

「「おはよう～」」

子供達が納得したところで、エヴァンさんとスコットさんが起きてきた。

「おはようございます。まだ少し早いですよ？」

「良い匂いで目が覚めたんだよ」

「え？　匂い？　そ、それはすみませんでした」

「いえいえ、もしかしなくても朝食を作ってくれていたんですか？　エヴァンの言う通り、とても良い匂いです」

二人の安眠を妨害《ぼうがい》するほど、匂いが充満していたらしい。

「もうできていますけど、すぐ食べられますか？」

「おう！」

「お願いします」

起こしてしまったのなら仕方がない。少し早いけれど、エヴァンさんもスコットさんも寝起きでも食べられるようなので、すぐに朝ご飯にする。

「「ん～～～」」

「美味い！」

「美味しいです！」

スープは好評で、多めに作ったのだが……鍋はすっからかんになった。

「あ～、ちょっと食い過ぎたな。腹ごなしに少し準備運動でもするかな。ちびっ子、軽く剣の稽古《けいこ》でもするか？」

「「する！」」

エヴァンさんが食後の運動に子供達を誘うと、子供達は大喜びで立ち上がる。

「エヴァン、これから移動ですから、ほどほどにしてくださいよ」

「わかってるさ」

スコットさんの注意を受けて、エヴァンさんも頷いていたのだが……しばらく見ていると、準備運動の域を超えて本格的な訓練になりかけていたので、それを慌てて止める。

そして気を取り直して、僕達はフレアトータスを探して海岸へと移動を始めた。

「「トータス♪　トータス♪　どこにいる～♪」」

「平和だな～」

「そうですねぇ～」

楽しそうに歌いながら歩く子供達を見て、エヴァンさんとスコットさんが和《なご》んでいる。

「「おにーちゃん、フレアトースターどこにいるかなぁ～」」

「「ぶっ！」」

「「んにゅ？」」

子供達の言葉にエヴァンさんとスコットさんが噴《ふ》き出《だ》す。

そして、そんな反応をされてアレンとエレナは不思議そうに首を傾げていた。

「……アレン、エレナ、わざとか？」

「「んにゅ？」」

「歌ではちゃんと言っていたのに、今はフレアトースターって言っていたぞ」

「「あれぇ～？」」

アレンとエレナは傾げていた首を、今度は反対側に傾げ直して考え込む。

わざとではなかったようだ。

「「まちがえちゃった！」」

二人は舌をペロッと出し、誤魔化《ごまか》すように笑った。それはもう〝てへっ〟という台詞《せりふ》が似合いそうな笑顔だった。

「だな。トーストが食べたかったわけじゃないよな？」

「「サンドイッチがいい～」」

「ははっ、そうか」

エーテルディアには食パンがなかったから、トースターやそれに似た魔道具はない。だから、単純に言い間違いだろう。まあ、僕が作ったので子供達はトーストの存在を知っているんだけどね～。そんなことを考えながら何となく聞いてみたけど、食べたかったわけでもないようだ。

「「うん、ごはんしよー」」

アレンとエレナが満面の笑みでお腹をさすってみせる。

「ご飯にはまだ早いだろう」

「「えへへ～」」

「わかっていて言っただろう？」

「「うん、いってみた～」」

「もう～」

最近、ずる賢《がしこ》いことを言うようになってきたな～。これも成長か？

「お昼ご飯は海岸に着いてからだよ」

「「じゃあ、はしる～」」

「えっ⁉　ちょっと待てっ！」

海岸に着いたらお昼ご飯と聞いた途端、子供達は少しでも早く海岸へ行こうと走り出した。

「エヴァンさん、スコットさん、すみません！　先に行きます」

「大丈夫だ、俺達も行く」

「そうですね」

僕がエヴァンさん、スコットさんに声を掛けながら走り出すと、二人も後ろから追ってきた。

「あの様子だと、海岸まで止まりませんよ。いいんですか？」

「おいおい、俺達のこと甘く見るなよ。海岸まで走るくらい軽いさ」

「ええ、問題ありません」

そんな二人にホッとしながらアレンとエレナを追いかけたが……子供達は本当に、海岸まで止まらずに走り切った。

「「ついたー」」

「こ～ら～。勝手な行動をするなよ～」

「「うにゅにゅにゅ～」」

僕は子供達の口を手のひらで覆うようにして、頬を指で挟むと、強めに揉みこむ。

「エヴァンさんとスコットさんに迷惑を掛けたんだから、まずは謝りなさい！」

「「はーい。――ごめんなさ～い」」

「いいって」

「謝罪を受け入れましょう」

アレンとエレナが素直に謝罪すると、エヴァンさんとスコットさんは快く許してくれる。

「ははっ、こうやって見ると普通の子供だな」

「そうですね。でも、逆に安心しました」

「あ、それは同感」

許してくれるどころか、何故か安心している。

まあ、とんでもないことばかり起こしていたから、普通な部分があって安心したのだろう。

「……はぁ～」

だけどそうだよな～。アレンとエレナが良い子過ぎるだけで、普通の子供は我儘《わがまま》を言ったり、勝手な行動を取ったりするもんだよな～。

「「おにーちゃん、おにーちゃん」」

アレンとエレナが、服を引っ張って呼んでくる。

「ん？　何だ？」

「「おにーちゃん、ごめんなさ～い」」

子供達は僕にも謝ってくる。僕が溜め息を吐いたからか、少ししょんぼりしていた。

「「おこってる？」」

「怒ってないよ」

心配そうに見上げてくるので、僕は子供達の頭を撫でて抱き上げる。

「で～もぉ～。僕達だけの時ならいいけど、一緒に行動する人がいる時は駄目！　今後はもうやらないように、いいね！」

「「はい！」」

怒ってはいないがしっかりと注意だけはしておくと、子供達も挙手して返事をした。

「よし、良い返事！　――じゃあ、エヴァンさん、スコットさん、少し早いですけど、休憩がてらお昼にしていいですか？」

「いいぞ」

「私も構いませんよ」

「「やったー。サンドイッチ！」」

サンドイッチを早く食べるために走った子供達は大喜びだった。

そして、ご飯を食べた後、僕達はあっさりフレアトータスを見つけ、さっくり倒し、目標を達成したので街へと戻ることにした。

第二章　親交を広げよう。

街に戻った僕達は、門から冒険者ギルドまで行く途中、もの凄く注目を浴びた。

何故かと言えば、子供達の頭の上や腕に九匹のパステルラビットがいるからだ。

『……』

僕達が冒険者ギルドに入った途端、喧騒《けんそう》に包まれていた空間が静まり返った。

「やっぱりこうなったか～」

「そうですね。予想の範囲内ですけど……」

エヴァンさんとスコットさんが溜め息を吐く。

「エヴァン！　スコット！」

「ん？　ああ、おっさんか」

「メレディスさん、どうかしましたか？」

「どうかしたかって……それは俺が聞きたい！　そいつらはおまえの連れだろう⁉　何だよ、その状況は！」

エヴァンさんとスコットさんの知り合いらしき冒険者が声を掛けてきたのだが、どうやらアレンとエレナのことが見過ごせなかったらしい。

「「むぅ！　ゆびさしちゃだめなんだよ！」」

僕によく注意されるので、二人は指を差されたことを注意する。

「す、すまん」

「「いいよ～」」

アレンとエレナが勢いよく注意したからか、冒険者――メレディスさんは素直に謝罪した。というか、ほんのりヘコんでいる？

そんな相手を見て、子供達もあっさりと許してへにゃりと笑う。

「おっさん、それで用件ってパステルラビットのことか？」

「ああ、そうだ。俺も一時期探していたんだが、全然見つからなかったんだよ。だから、この辺にはいないと判断したんだ。それなのに、何だよこれは！」

「何だよ、おっさん。借金でもしたか？　それで大金を狙ったのか？」

「違ぇーよ。俺は日々堅実に依頼をこなし、質素な生活を送っているわ！　そうじゃなくて、うちの娘が欲しがったんで、依頼のついでにあちこち探したんだよ！」

「ああ、そういえば、おっさんは妻子持ちだったもんな。忘れてたわ」

「忘れんなよ！」

メレディスさんは、娘さんのためにパステルラビットを探していたようだ。

というか、エヴァンさんはメレディスさんとずいぶんと仲が良いな。

ただ、僕だけが話に置いてけぼりなのでちょっと居心地が悪い。

「あの……エヴァンさん？」

「ああ、すまん。タクミ、このメレディスのおっさんはこの街の冒険者で、たまに飲む仲なんだ」

「へぇ～、飲み仲間ですか？　――どうも、初めまして、僕はタクミです。この子達はアレンとエレナ」

「「よろしく～」」

「お、おう、俺はメレディスだ」

僕はエヴァンさん達の会話に割り込んで挨拶を済ませると、メレディスさんの用件を聞くことにした。

「それで、メレディスさんは、パステルラビットが欲しいんですか？」

「欲しいことは欲しいんだが、パステルラビット捕獲の依頼を出してまで手に入れるほどの財力はない。だから、見つけた場所を教えてもらおうと思ったんだよ」

パステルラビットの捕獲って、依頼で出すとかなり高いもんな～。なので、依頼を出しているのは裕福層ばかりだ。

「ああ、そういうことですか。場所を教えることは問題ないんですけど……」

「な、何だ？」

「んにゅ？」」

僕はメレディスさんをじっくり観察し、次に子供達を見る。

「ん～、大丈夫か？　じゃあ、ちょっと待っていてください……いや、一緒に来てください」

エヴァンさんとスコットさんと仲が良く、子供達もまったく警戒していないならいいだろう。

僕はメレディスさんを伴って受付に向かう。

「すみません。パステルラビットの依頼書を全部集めてもらうことはできますか？」

「ええ、少々お待ちください」

ちょうど空いていた受付のお姉さんに依頼書を集めてもらうようにお願いすると、快く引き受けてくれた。

「お待たせしました。全部で三十四枚ありますね」

しかも、お姉さんの仕事は速く、すぐに依頼書を集めて戻ってくる。

「三十四枚!?　これはまた多いな～。あ、依頼書を一枚作ってもらえますか？　依頼人はメレディスさんで、依頼内容はパステルラビットの捕獲、依頼料は最低料金でいいので」

「お、おい、どういうことだ？」

僕の言葉に、隣にいるメレディスさんが困惑の声を上げる。

「運試しをしませんか？」

「運試し？」

「ええ、とにかく依頼書を作ってください」

「お、おう……」

僕の有無《うむ》を言わせない態度に、メレディスさんは言われた通りに依頼書を作る。

その間に、僕は他の依頼書をざっと確認しておく。まあ、特に問題はなさそうだ。

すると、スコットさんが声を掛けてきた。

「タクミさん、何を始めるんですか？」

「パステルラビットの依頼はたくさんありますからね、どの依頼を受けるかは子供達が選ぶんです」

「ん？　普通は報酬が良いものにするんじゃないのか？」

「普通はそうですけど、僕達の場合はちゃんと可愛がってくれそうな依頼主を選ぶんです」

「依頼書だけでは、どのような依頼主かはわからないのではないですか？」

エヴァンさんとスコットさんは、僕達が何を始めるのかと興味津々《きょうみしんしん》である。

「ええ、そうなんですけど……うちの子達、もの凄く引きがいいんです」

「……ああ、そうだな」

「……そうですね。そう言っても過言じゃありません」

僕の言葉に二人が少々遠い目をした。

昨日、今日と一緒に行動して実感できたらしい。

「できたぞ」

「ありがとうございます。——じゃあ、エヴァンさん、申し訳ないですけど、その依頼書の束を適当に混ぜてもらえますか？」

「混ぜればいいんだな。了解」

メレディスさんの依頼書ができたようなので、エヴァンさんに頼んで他の依頼書と一緒にシャッフルしてもらう。

「これでいいか？」

「ありがとうございます。じゃあ、スコットさん、裏返してカウンターの上に少しずつずらして並べてもらえますか。あ、できればわかりやすいように、十枚ごとに少し間隔を開けてもらえると嬉しいです」

「わかりました」

そして、カウンターの上にずらりと依頼書を並べてもらって準備完了。

「じゃあ、左から一で、全部で三十五。アレン、エレナ、いいね？」

「「うん！」」

「全部で九枚。まずは……」

「「じゅうはち！」」

子供達は声を揃えて番号を叫ぶ。

「選ばせるって、こういうことか！　十八……これだな。んなっ！　まじかっ！」

エヴァンさんが十八枚目の依頼書を引き抜いて裏返すと、驚愕《きょうがく》の表情を浮かべる。

「これ、おっさんの依頼書じゃないか！」

「おや？」

「え？」

「何っ⁉」

どうやら一番目にメレディスさんの依頼書を引き当てたようだ。

僕やスコットさんも驚いたが、メレディスさんが一番驚いていた。

「あ、エヴァンさん、紙を完全に引き抜いてしまったら順番がわからなくなるので、少しずらして戻してください。アレン、エレナ、残りを選んじゃって」

「「わかったー」」

「じゃあ、さんばん！」

「つぎ、にじゅうよんばん！」

アレンとエレナは交互に四つの数字を言い、計九枚の依頼書を選ぶ。

「それじゃあ、この九枚の依頼書の手続きをお願いします」

「は、はい、かしこまりました」

僕達の様子を静かに見守っていた受付のお姉さんは、驚きつつもてきぱきと手続きを始める。

それを確認してから、僕はメレディスさんの方に振り向いた。

「……というわけで、メレディスさんは運があったようですね。ここにいる特権ということで、好きな色のパステルラビットを選んでください」

メレディスさんはとてもお人好《ひとよ》しそうな顔をしているので、パステルラビットを飼う人物としては問題なさそうというのが僕の抱いた第一印象だった。

ただ、無条件でパステルラビットを譲るほど親しくないので、面白半分でクジ引きに紛れ込ませてみたのだ。結果は一番に選ばれたんだけどね。

「え？　ええ？」

「『どのこがいい？』」

混乱するメレディスさんに、アレンとエレナが選択を迫る。

「は？　本当にいいのか？」

「正式な依頼書ですからね。いいですよ」

ただ、僕のせいでもあるのだが、メレディスさんの家でパステルラビットを飼うことが大勢の人に知られてしまっている。なので、防犯対策をしっかりするように忠告しておいた。盗みに入られたりすると危ないからな。

メレディスさんがパステルラビットを選んでいる間にさくさくと手続きを済ませ、報酬を受け取っておくことに。

そんな僕を見て、エヴァンさんとスコットさんが呆れたように言った。

「タクミ達は本当にとんでもないことをするよな～」

「いいじゃないですか、面白かったですしね」

「斬新《ざんしん》かもしれませんが、面白かったですか？」

「ええ、なかなかでした。さて、次は受けていた依頼の完了手続きもしましょうか」

「そうですね」

僕達は受けていたジャンボエルク、夜光茸、フレアトータスの依頼の手続きをし、報酬を受け取った。報酬は予定通り、依頼料を半分ずつだ。

あ、夜光茸は依頼分だけを提出し、その他の多く採取した分はそれぞれで売るなり保管するなりすることにした。エヴァンさんとスコットさんは売るようだけど、僕は止めておいた。一度にたくさん出すのも悪いからね。

また、クリスタルエルクの角については街に帰ってくる道中で話し合ったのだが……端的《たんてき》に言えば、完全に僕に押しつけられた。というか、関わるのが怖いと全力で拒否されたのだった。

「よし、ちょっと早いけど飲みに行くか！」

手続きを終えて報酬を受け取ると、エヴァンさんが伸びをしながら言う。

「タクミも一緒に行こうぜ」

「ん〜、どうしようかな……」

飲み会か〜。付き合いとしては大事だけど、子供達を連れて行ってもいいものだろうか？

「何だよ、付き合えよ」

「エヴァン、無理を言ってはいけませんよ。子供達もいるんですから」

「ああ、そうか」

返事を濁《にご》していると、スコットさんが気を回してくれる。

「そうですね、子供達を預けてくれれば参加できますけど……」

「「えぇ〜」」

一度ルーウェン邸に帰り、子供達はレベッカさんにお願いするかな〜……と考えていたら、子供達が不満の声を上げた。

「アレンもいく〜」

「エレナもいきた〜い」

なんと、行く気満々のようだ。

「早く帰ってレベッカさんに会いたいんじゃないのか？」

「「おばーさまにはすぐにあえる！」」

アレンとエレナははっきりと言い切る。

まあ、今日の夜、帰るのが遅くなったとしても、明日の朝には会えるのは間違いないもんな。

「お？　何だ、ちびっ子も参加するのか？」

「「さんかする～」」

「よし、行くぞ」

「「おー！」」

子供達とエヴァンさんはすっかり仲良しになっていて、早速三人でギルドを出て行こうとする。

「タクミさん、私達も行きましょうか」

「そうですね」

僕もスコットさんと追いかける形で歩き始めると、メレディスさんが慌てて呼び止めてきた。

「お、おい！　待ってくれ！」

「メレディスさん、どうかしましたか？　その子に何かありました？」

片手に抱いているパステルラビットはとても大人しくしているが、メレディスさんはどうしてあんなに慌てているんだろうか？

「いや、違う！　俺も行く！」

「ん？　えっと……飲みにですか？」

パステルラビットのことではなかったようだ。

僕達が飲みに行くという話を聞いていたようで、参加の申し込みだった。

「何だよ、おっさん、せっかく望みのものが手に入ったんだから早く帰れよ」

「あの金額でパステルラビットを譲ってもらうのは、さすがに心苦しい！　だから、せめて奢《おご》らせてくれ！」

「本当に気にしなくていいですよ」

「いや、だがな……」

どうやら、パステルラビットの依頼料を最低額にしたことを気にしているようだ。

「おっさん、本当に気にしなくていいと思うぞ。こいつは若いが普通の新人じゃないし、おっさんより稼いでいるからな」

「……エヴァンさん、ちょっと待ってください。僕のことといくつだと思っているんですか⁉」

「ん？　噂《うわさ》では成人したてだっていう話だったからな。それなら、普通は十五、六だろう？　まあ、タクミは実力があるから新人とは言えないけどな」

……ああ、そういえば僕の二つ名である『刹那《せつな》』の噂で、成人したてというものがあったか。だから、聞くまでもなくそのくらいの年齢だと思い込んでいたんだろうな。

「最初に訂正しなかった僕も悪いですけど……僕は冒険者の新人であることは間違いないですが、二十一歳ですからね」

「はぁ⁉」

「……え？」

エヴァンさんは大袈裟《おおげさ》なくらい驚き、スコットさんも目を見開いて静かに驚いている。そんなに予想外だったのか？

「本当にか？　冗談じゃなく？」

「そんな冗談は言いませんよ」

「言動はしっかりしていると思ったが、見た目は孤児院の……『黒猫《くろねこ》』パーティのあいつらとそんなに変わらないから、噂通りだと思っていたぞ！」

『黒猫』パーティというのは、孤児院出身で成人したて、正真正銘《しょうしんしょうめい》十五歳の少年少女五人のパーティだ。僕としては『黒猫』のケインくん達よりは年嵩《としかさ》に見えると思っていたんだが……自己評価と他者評価は違うってことか～。

「まあ、僕の年齢についてはとりあえず置いておいて。メレディスさん、対価は本当にいりませんので、そうですね～……メレディスさんの娘さんはいくつですか？」

「今年七歳になるが……」

「じゃあ、娘さんとうちの子達で遊ぶ機会を設けてください」

「は？」

「この子達、僕についていろんな土地を回っているので、仲良しの友達っていないんです。だから、今度一緒に遊んでやってください」

「そ、それは問題ないが……」

「じゃあ、決まりです。近いうちに連絡しますね～」

勝手に対価を決めて無理矢理メレディスさんを納得させる。

そしてさくさくと、エヴァンさんとスコットさんが泊まっている宿に併設《へいせつ》されている食堂へ移動した。

「はいよ、お待たせ」

食堂でお勧めの料理と飲みものを注文すると、最初に飲みものが運ばれてきた。

「「……おさけ」」

エールが入った大きめのグラスが三つに、果実水が入った小さめのグラスが二つだ。

だが果実水が入ったグラスは、子供達の視線からはエールの陰に隠れていた。

なので、テーブルの上に置かれたものを見て、お酒嫌いの子供達はガッカリした様子を見せる。

「「おさけ、きらーい」」

「アレンとエレナは飲む必要はないから！　というか、飲んじゃ駄目だから、二人は果実水だよ！　こっちにあるから！」

僕と子供達のやりとりを見ていたエヴァンさんとスコットさんは、くすくす可笑《おか》しそうに笑う。

「ははっ、酒は嫌いか？」

「おいしくな～い」

「にが～い」

「飲んだことのある感想ですね」

「目を離していた隙《すき》に舐《な》めていましたよ。駄目だって注意していたのに」

「「あははは」」

以前にあったことを話せば、エヴァンさんとスコットさんは本格的に笑い出し、子供達は笑われてむすっとする。

「「むぅ～」」

すると、アレンとエレナは突然椅子《いす》から立ち上がって、エールが入ったグラスを手に取った。

「アレン、エレナ、飲むわけではないと思うが……エールをどうするんだ？」

「「……」」

僕の言葉に、子供達はくるりと横を向くと、そのまま歩き出す。

「おう？　どうしたんだ？」

「何だ、坊主《ぼうず》に嬢《じょう》ちゃん、俺達に何か用か？」

「「あげる！」」

「「「「はぁ？」」」」

そして、隣のテーブルで食事をしていた冒険者らしき人達に向かってエールのグラスを差し出した。

「ちびっ子⁉　何しているんだ⁉」

「「おさけ、いらな～い」」

「いやいやいや、それは俺達のだろう⁉」

「「しらな〜い」」

エヴァンさんが焦る中、アレンとエレナは隣のテーブルにエールを置いてくると、何もなかったかのように席に戻る。

「アレン、エレナ、もしかして、笑われた仕返しか？」

「「ん〜？　なんとなく？」」

どうやら、特に何も考えていなかったようだ。

「おーい、エヴァン、これ飲んじまっていいのかぁ〜」

「ははは、子供にエールを没収されるって笑えるわ！」

「うるせぇ」

隣のテーブルの冒険者達はエヴァンさん達と顔見知りだったようで、思いっ切り笑っている。

「あ〜、そのエールは遠慮《えんりょ》なくどうぞ」

「おう、兄ちゃん。じゃあ、ありがたく貰うわ」

渡したエールはそのまま飲んでもらい、僕はもう一度エールを注文した。

「「おさけ、たのむの〜？」」

「ほら、エヴァンさんも笑われたことだし、もういいだろう？」

「「ん〜、そうだねぇ〜」」

子供達の機嫌《きげん》は既に直っていたようで、けろっとした様子で果実水を味わっていた。

「はいはい、お待たせ。料理と追加のエールね」

「「ごはーん！」」

「いっぱい食べるのよ～」

「「うん！」」

子供達が果実水を堪能《たんのう》していると、注文していた料理が届き、子供達の表情がぱぁーと輝く。

「「たべていいー？」」

「うん、いいよ」

「「わーい！　いただきまーす！」」

僕の許可を得て、さらにエヴァンさんとスコットさんを見ると了承するように頷いていたので、子供達はすぐに食べ始める。

「坊主、嬢ちゃん」

「「んにゅ？」」

「俺達にはエールを奢ってくれないのか？」

「オレにも頼むわ！」

ご飯を食べ始めたところで、周りの冒険者達から声が掛けられる。

「「おごるー？　なーに？」」

「自分の代わりに買ってくれってことだよ」

「「なるほど～」」

「というかおまえ達、子供にたかるなよ」

〝奢る〟という言葉がわからなくて首を傾げる子供達にエヴァンさんが説明してくれると、ついでとばかりに周囲に注意する。

「どうせ支払いはエヴァンやスコットだろう？」

「そうそう」

最初からエヴァンさんやスコットさんに向けてのアピールだったようだ。

しかし――

「アレン、おごってあげるー」

「エレナもいいよー」

「「「「えっ!?」」」」

子供達が軽く了承したものだから、周囲の冒険者達は唖然《あぜん》としてしまった。

「アレン、エレナ？　たぶん、みんな冗談で言っているんだぞ？」

「「たよられたー！」」

「ん？　ああ～、奢ってくれって頼られたのが嬉しかったのか？」

「「そう！」」

どうやら、冗談でもお願いされたのが嬉しかったようだ。

しかも、すぐさまポシェットをごそごそと探り、持たせてあるお金が入っている革袋を取り出す。

そんな姿を見て、エヴァンさんが焦ったように声を上げる。

「おい、タクミ、もしかしなくても、こいつら金を出そうとしているのか⁉」

「そうみたいですね」

「いやいや、ボケッとしてないで止めろよ！」

「まあ、いいんじゃないですか？」

「タクミ⁉」

またとない機会だし、こういう経験もありかと思い、僕は黙ってなりゆきを見守ることにした。

「おにーちゃん」

「おさけ、いくらー」

「ん？　いくらだったかな？　一杯二十Gかな？」

「「えっと……いーち、にぃー、さーん……」」

子供達はエールの値段を聞くと、さらに人数を数えだした。

「ちょっと待てっ‼」

「い、いや、気持ちは嬉しいんだが、さすがに本当に子供から奢ってもらうわけにはいかないから……ほ、ほら、冷めないうちに飯を食べろ、な？」

子供達が本気なことに気づいた冒険者達が、慌てて子供達を止める。

「「じゅうにん？」」

「にじゅうが……」

「じゅっこ……」

「「えっと……にひゃく！」」

「お、正解！　じゃあ、二百Gを硬貨にすると？」

「「ぎんか、にまい！」」

「またまた正解！」

「「やったー」」

簡単な数字とはいえ、子供達は二桁の掛け算を正解した。

思わぬところで計算の勉強が出てきたな。

「あれ、子供達の兄貴だよな？　何でこんな状況で暢気《のんき》にしてられるんだ？」

「普通に計算の勉強始めているぞ」

「というか、本気で奢ってくれる気だぞ。どうするんだ？」

「どうするって言ってもな……どうする？」

周りがぼそぼそと言っているが、気にしない。

「「あぅ～」」

「ん？　どうした？」

「「ぎんか、ないの～」」

「あれ、なかったか？」

金額が出たところで子供達は改めて革袋を覗《のぞ》き込《こ》むが、しょんぼりしながら情けない声を出す。

どうやら銀貨を持っていなかったらしい。ん～、ひと通り持たせていたと思ったんだけどな～。

そんな子供達の反応を見て、エヴァンさんがホッとした様子になる。

「さすがのタクミでも子供にそんなに大金は持たせていないよな！」

「「きんかでいい？」」

「ちょっと待て！　おい、タクミ!!　何で子供に金貨を持たせているんだぁ!!」

エヴァンさんは、子供達に金貨を持たせていることに驚き、さらに怒りだした。

「何でって……何かあった時のために一応？」

「そんな大金を持たせておいたら、誘拐されたり襲われるぞ！」

「やだな～、僕が一緒にいて誘拐なんてさせるわけないじゃないですか～。それにうちの子達なら何かある前に撃退しますって」

はぐれることがあったとしても、誘拐はまったくもって心配していないし、襲われても撃退するだろう。

あ、いや、誘拐に関してはないとは言い切れないか？　最近、グリフォンとクリスタルエルクに誘拐されているしな～。

「ねぇ、ねぇ、きんかでいいー？」

僕達がそんな話をしている一方で、子供達が無邪気に聞いてくる。二人のことを話しているんだけど……興味はない様子である。

「駄目ではないと思うけれど……両替しようか」

「りょうがえ？」

「お金を細かくすることだよ」

「こまかく？　ちいさくするの？」

「わる？」

「くだく？」

「いやいや、違うぞ!?」

お金を細かくすると聞いて、子供達は硬貨を割ったり砕いたりと、物理的に小さくすることを思い浮かべたようだ。

「金貨一枚を大銀貨十枚に、大銀貨一枚を銀貨十枚に交換することを両替って言うんだよ」

「おぉ～、りょうがえするする！」

「じゃあ、金貨一枚を大銀貨九枚と銀貨十枚にしようか」

「うん！」

アレンとエレナがそれぞれ金貨を一枚ずつ差し出したので、僕はそれを銀貨と大銀貨にして渡す。

「おさけ」

「じゅっこ」

「「ください！」」

子供達は銀貨を一枚ずつ手に持つと、にこやかに店のおかみさんにエールを注文した。

それまで黙って成り行きを見守っていたおかみさんは、冒険者達を見回す。

「ちょっと、あんた達！　こんな子供にお酒をたかるなんて、何を考えているんだい！」

「い、いや、冗談だったんだぞ」

「そうそう。まあ、あわよくばエヴァンに奢ってもらおうと思ったが、子供達にたかるつもりはなかったぞ！」

おかみさんが叱《しか》りつけると、冒険者達はたじたじになる。

「「だいじょうぶ！　おごるの！」」

「おかみさん、問題ないので子供達の好きにさせてあげてください」

子供達と僕がそう言うと、おかみさんは納得したように頷く。

「……保護者であるお兄さんがそう言うなら、私はいいんだけどね。本当にいいのかい？」

「ええ、お願いします」

「わかったわ。全員にエールね」

「「おねがいします！」」

この後、冒険者達とはすっかり仲良くなり、みんなでわいわいと宴会《えんかい》のようになった。

◇　◇　◇

「え、本当ですか？」

宴会ではしゃぎ、寝落ちした子供達を連れて帰った翌朝、レベッカさんと一緒に朝ご飯を食べていると、とあることを告げられた。

その〝とあること〟とは――

「「わ～、おうちできたのー？」」

「ふふっ。どうかしら、見に来てくれっていうことだから、できたのかもしれないわね」

「うわ～、早いな～」

頼んでいた持ち運び用の家を見に来てくれと連絡が来たらしい。

「早速行くのかしら？」

「そうですね。早く見たいので行ってきます」

というわけで、朝食を終えた僕達は、家を建てているところへやって来た。

「「「おぉ～」」」

普通、家というのは住む場所に建てるものだ。しかし僕が今回お願いしたのは、移動中に使う用の、普通のサイズの家と小屋だ。

そのため、ルーウェン家が所有する土地を借りて建ててもらっている。

そこに行くと、どどーんと二軒の建物が建っていて、思わず子供達と感嘆《かんたん》の声を上げてしまった。

「おう、兄さん、来たか」

「イヴァーノさん、こんにちは」

「「こんにちは～」」

僕達の声が聞こえたからか、工房長であるイヴァーノさんが家の中から出てきた。

「これってもう完成しているんですか？」

「あとはおまえさんに見てもらって、手直ししたら完成じゃ。面白い依頼じゃったからな、さくさく進んでしまったぞ。そんじゃあ、確認してくれ」

「はい！」

「まずは小屋のほうじゃ。来い」

イヴァーノさんの案内で休憩用の小屋の中に入ると、青年が掃除《そうじ》をしていた。

「あれ、親方？　こっちの作業は終わっているんじゃ……ん？　その人達は誰《だれ》っすか？」

「依頼主様じゃよ」

「えっ、依頼主っすか？　若っ！　オレより若いんじゃないっすか!?」

「トム、うるせぇぞ！」

「いや、だって！」

「若くてもおまえより稼《かせ》いでいるんじゃよ。説明の邪魔だからとっとと小屋から出ろ！」

イヴァーノさんは、渋る青年――トムさんを小屋から追い出す。

「うちの若いのがうるさくてすまないな」

「いえ、大丈夫です」

僕がそう答えると、イヴァーノさんは早速説明を始めてくれる。

「そんじゃあ、説明するぞ。こっちの小屋はあくまで単調に、ごちゃごちゃものを置かずにテーブルと椅子のみにした。どうじゃ？」

「とても良い感じです！」

シンプルだが、とても丁寧な造りである。

「おにーちゃん、みてみて！」

「アレンとエレナのいすがある！」

「うわっ、本当だ！」

小屋の中央には長方形のテーブルが置かれていて、両サイドに椅子が三つずつ並んでいる。

そして、そのうち二つの椅子が、座面が高く肘掛《ひじか》けありで作られていたのだ。間違いなく子供達用の椅子だ。

「これ、わざわざ作ってくれたんですか？」

「わざわざって言うほどのもんじゃねぇ。ああ、いらねぇなら遠慮なく言ってくれれば、普通の椅子と交換するぞ」

「いえ、ありがたいです。ご覧の通り子供達も喜んでいますからね」

子供達は早速、椅子に座って座り心地を確かめている。

いつもは厚めのクッションを敷いて高さを調整していたが、それがなくてもテーブルの高さとちょうど良い感じである。

「高さは変えられないから、子供が大きくなったら使えなくなるぞ」

「それは問題ありません。あ、でも、交換可能っていうことは、予備の普通の椅子もあるんですか？　あるなら、それも欲しいです」

「料金はしっかり貰うぞ？」

「もちろんですよ」

小屋のほうは文句のつけようがなかったので、普通の大きさの、寛《くつろ》ぐ用の家へと移動する。

「もう絨毯《じゅうたん》を敷いてあるから、靴は脱ぐんじゃぞ」

「「はーい」」

アレンとエレナは靴を脱ぐと、飛び込むように家の中に入っていく。

「わ～、良い雰囲気ですね」

壁は明るい茶色の木目で、床には毛が短いライトグレーの絨毯が敷いてあって、クリーム色のソファーとローテーブルが置かれている。

大きめの窓から陽が射して、全体的に明るめの部屋だった。

「好きな色とかを聞かんかったからな、全体的に明るく落ち着いた感じの色でまとめてみたわい」

「ありがとうございます。とても好みな雰囲気です。このままでもいいですし、好きな色のカーテンとか小物とかで別の雰囲気にすることもできますよね」

そのままでも良い感じだし、手を加えやすそうな感じである。

「「ベッド、すごい！　おっきい！」」

部屋中を見て回っていた子供達が、寝室へ続く扉を開けて感嘆の声を上げる。

「どれどれ？　おぉ、本当に凄い」

「「みんなでねれる！」」

「そうだね」

部屋の半分以上を占めるベッドは、圧巻な見た目だが要望通りである。

「大きなベッドを作って置くんじゃなくて、部屋の大半をベッドにするのは初めてじゃったが、兄さんの想像と比べてどうじゃ？」

「いや～、文句のつけようがないです」

「ガハハハハ。そりゃあ、良かった」

子供達はベッドに飛び込み、ふかふかの布団を堪能している。

「アレン、エレナ、どうだい？」

「「とってもいいー！」」

「二人も気に入ったようですね」

僕がそう言うと、イヴァーノさんは笑みを深くした。

「そりゃあ、良かった。あ、そうじゃ、シーツや布団カバーのサイズはこれに書いてある。どこかで注文する時に使ってくれ。すぐにでも予備が欲しいなら、儂《わし》の工房の二軒隣の『青の小鳥』っていう店に行って儂の名を出せばすぐに作ってもらえるぞ」

イヴァーノさんは豪快そうな見た目だが、心遣いが細やかだ。椅子もそうだし、部屋の雰囲気、おまけにベッドのサイズが書かれたメモ紙を用意してくれるなんて！

「イヴァーノさん、最高！　ありがとうございます」

その後、浴室とトイレも確認し、設置した魔道具の説明を受けたが、特に手直しして欲しいところはなかったので、小屋も家もその日のうちに受け取ることになった。

というわけで、家から出ると、早速《無限収納》《インベントリ》にしまっていく。

「うおっ、本当に持ち運べるんじゃな！」

「いやいや、できないなら注文しませんよ」

「聞いてはいても目の前で見ると驚くんじゃよ」

家が目の前で《無限収納《インベントリ》》に消えて驚くイヴァーノさんと共に工房へ移動して、残りの代金を支払うと、僕達はすぐに『青の小鳥』を訪ねた。

「こんにちは」

「「こんにちは～」」

「はいはい、いらっしゃい」

お店に入ると、僕より少し年上くらいの男性が出迎えてくれた。

今まで行ったことのある裁縫《さいほう》店や衣装店の店員は女性ばかりだったので、男性は珍しい。

「イヴァーノさんの紹介で、シーツと布団カバーをお願いしたいんです」

「もしかして、前にイヴァーノさんに頼まれた大きいものかな？」

「はい、たぶんそれです」

イヴァーノさんから受け取ったメモ紙を見せると、男性店員が想像したものと一緒だったようで、快く注文を受けてくれた。

なので、シーツ、布団カバーは白のほかに紺や水色、緑、グレー、クリーム色など数種類をセットで頼み、ついでにカーテンも頼むことにした。

「あとはなにかあったかかな？」

「「おにーちゃん」」

「ん？　どうした、何か欲しいものがあるのか？」

僕が悩んでいると、アレンとエレナが服の袖《そで》を引っ張ってきた。

「「あのね、あのね！」」

「いま、おそとできる」

「おみみのついたふくがほしいの」

えっと……外出用の耳が付いた服？　それも今？

「もっているのね、さむいときと」

「ねるときのなの」

「あ、そういえば……そうか？」

動物耳フードがついた服といえば、コートにポンチョ、部屋着にしている着ぐるみだな。

今の季節に外で着るとなると、薄手のカーディガンかパーカーっぽいものか？

「すみません。ここでは洋服の仕立ても受けてもらえますか？」

「ええ、もちろんですよ」

「じゃあ、子供達が羽織《はお》れる薄手のカーディガン？　上着をお願いしたいです。それもフード付きで、そのフードに動物の耳を付けたものをお願いしたいんです」

「動物の……耳、ですか？」

「こんな感じです」

店員さんが不思議そうにしていたので、《無限収納《インベントリ》》からコートを取り出して見せると、すぐに納得してくれた。

「それで、どんなのがいいんだ？」

「ベクトル！」

「マイル！」

子供達の希望を聞くと、契約獣の名前が挙がった。

フェンリルのジュールと飛天虎《ひてんこ》のフィートはコートで模しているし、着ぐるみには鳥を模したものがあるので、それがサンダーホークのボルトだとすると、残りはスカーレットキングレオのベクトルとフォレストラットのマイルということだろう。

ただ、流石にその言葉ではなんのことか分からなかったようで、店員さんは不思議そうにしている。

「えっと？」

「あ～、スカーレットキングレオとフォレストラットのことなんですけど……難しいですよね？」

「色は似たようなものを使用することはできますが……」

「ですよね」

マイルのほうは長めの耳を付ければいいが、ベクトルのほうがな～。鬣《たてがみ》はちょっと難しいだろう。

「じゃあ、緑でフォレストラット風の長耳を付けたもの。赤は鬣とか無理だと思うので、ただ丸耳を付けたもの。それを二着ずつお願いできますか？」

「ええ、承《うけたまわ》りました」

全部まとめて数日あればできるということなので、お願いして店を後にした。

◇　◇　◇

翌日、受け取ったばかりの家を使ってみたくなり、依頼を受けて街の外に出ることにした。

「「いらい～、いらい～」」

「おー、坊主に嬢ちゃんじゃないか」

冒険者ギルドに入り、依頼ボードに向かっていると、飲み会で仲良くなった男性が声を掛けてきた。

「ぼうずじゃないもん！　アレンだもん！」

「じょうちゃんじゃないもん！　エレナだもん！」

「お、おう。わかった」

「「よし！」」

しかし、呼び方が嫌だったのか、子供達は男性に呼び方を訂正させる。

「「それで、おじちゃん、どうしたの？」」

子供達は相手の冒険者の男性――コーディさんのことを〝おじちゃん〟と呼ぶ。これは彼のほうからそう呼べと言ったのだ。

「おじちゃんは、二人が依頼を受けに来たのか聞きに来たんだよ」

「「うん、そうだよ！　おじちゃんは？」」

「おじちゃんはお休みだよ」

「「おしごとしないのー？　だいじょうぶ？　おさけおごるー？」」

「うっ！」

子供達の言葉にコーディさんが視線を逸らす。

〝奢る〟という新しい言葉を覚えた子供達は、それを使いたがる……というか、何かと使うようになった。

子供達は揶揄《からか》っているわけではないのだが、言われたほうは心に言葉が刺さっているようだ。

「い、いや、大丈夫だぞ～」

「「そうなの？」」

「おう、何て言ったって、おじちゃんは予定を変えてこれから依頼を受けることにしたからな！」

コーディさんは急に意見を翻した。

「コーディさん、休養しようとしていたなら、ちゃんと休んだほうがいいですよ？」

「あ、うん、急に仕事をしたくなったんでな、大丈夫だ。そういうことだから、おまえ達も気をつけて行けよ～」

そして、コーディさんは慌てたように依頼書を見に行ってしまった。

どうやら、子供達に奢られないように稼ぎに行くつもりなのだろう。

「「いっちゃったー？」」

「そうだね。ほら、早くしないと良い依頼がなくなっちゃうからじゃないかな？」

「「おぉ～！」」

彼の名誉のために本当のことは教えずに、適当にそれっぽい説明をすると、アレンもエレナも納得したように頷く。

「じゃあ、アレンもいそぐ！」

「エレナも！　おにーちゃんも！」

「はいはい。さて、良い依頼はあるかな～？」

「「あるかな～？」」

アレンとエレナに両手を引っ張られ、僕達も依頼書を見るために移動し、早速吟味《ぎんみ》していく。

「「おにーちゃん、あれはー？」」

「ん？　どれだ？」

「「えっとね、バトルホースのとうばつ！」」

「「「「ちょっと待て！」」」」

「「んにゅ？」」

子供達が依頼書の内容を読み上げた途端、周囲から複数の制止の声が上がった。

「バトルホースはBランクだぞ！」

「そうだ、そうだ。危ないから、止めておけ！」

「もっと安全な依頼にしとけ。な？」

声を上げた人達の顔を見ると、誰もが先日の飲み会で知り合った男性冒険者達ばかりであった。

どうやら、子供達が難易度の高い依頼を受けようと言ったので、止めに入ったようだ。

「「これ、だめなのー？」」

「「「「止めておけ！」」」」

「「えぇ～」」

みんなから猛反対を受けて、アレンとエレナが不満の声を上げる。

「「おにーちゃん！　みんながいじわるいう！」」

「ふふっ、あれは心配してくれているんだよ」

「「いじわるだもん！」」

子供達は頬を膨らませてむすっとする。

やりたいことを止められる。子供達にとってそれは意地悪になるようだ。

「い、いや、あのな……」

「「むぅ！」」

「俺達はな……」

「「ぷん！」」

男達は慌てて説明しようとするが、子供達は視線を合わせないようにそっぽを向く。

「な、なぁ……」

「「ぷん！」」

そっぽを向く子供達の正面に一人の男性が回り込むが、子供達はくるりと後ろを向く。

「も～、アレン、エレナ、話を聞いてあげなさいよ～」

「「だって、いじわるいう！」」

「意地悪言ったことを謝ろうとしているのかもしれないだろう？」

「「そうなの？」」

僕の言葉を聞いて子供達は男達を振り返り、首を傾げる。

「「「「……うっ」」」」

男達は全員で言葉を詰まらせる。

子供達の言う〝意地悪〟を撤回するのは、バトルホースの依頼を認めることになるからだ。

「「ちがうのー？」」

「い、いや、そのな……」

「やっぱりな……」

「「むぅ～」」

子供達の機嫌がまた悪くなっていく。

「……ぷくくく」

「タクミ！　何を密かに笑ってやがる！　おまえが保護者なんだから、おまえが子供達を説得しろよ！」

「「「そうだ、そうだ！」」」

子供達の態度にオロオロする男達の姿がおかしくてこっそり笑っていたら、怒られてしまった。

「えぇ～、説得の必要がありますか？」

「あるだろう！」

「僕も一緒に行くんですよ？　僕がです」

「「「「……あっ！」」」」

飲み会の時に、不本意ながら僕が『刹那』だということが知れ渡ってしまっているので、手っ取り早くそれを思い出してもらう。

すると、男達は一瞬何を言っているかわからない……という顔をしたが、僕が意図していることに気がついて声を上げる。

「そういえば、そうだった！　タクミが威厳《いげん》のある顔をしていないから、すっかり忘れていたじゃないか！」

「そうだな。タクミ、もっとキリっとした顔をしろ！」

「いや、タクミがキリっとした顔をしても顔の幼さは変わらないぞ！」

「ちょっと⁉　僕に対してみんなが酷《ひど》い！」

何故か、変な流れ弾が飛んできた。

「危うく子供達に嫌われるところだっただろう！　もっと早く助けに入れよ！」

「本当だぞ。そっぽを向かれた時はどうしようかと思ったぞ」

「俺は泣きたくなったぞ！」

さらに、凄い勢いで責められる。

「「こら～」」

「おにーちゃんを」

「いじめたら」

「「めっ！」」

「「「「……」」」」

今度は僕が男達に虐《いじ》められていると思った子供達が、目尻を吊《つ》り上《あ》げて僕と男達の間に立《た》ち塞《ふさ》がる。実際はまったく立ち塞がっていないけどな！

そんな子供達を見て、騒いでいた男達は一斉に沈黙し、慌てて輪になって顔を突き合わせる。

「……何だあれ。『めっ！』って！」

「最強だな」

「小さい子に怒られるなんて新鮮だ」

「……いい」

ぼそぼそと子供達に怒られた感想？　意見？　を言い合っているようだが、明らかに変なものが混ざっていた。その人物は今後、要注意人物として扱うことにしよう。

「何だ！　騒がしいぞ！」

すると、冒険者ギルドのギルドマスターであるノアさんが、騒ぎを聞きつけて執務室から出て来た。

「……何だ、タクミ。おまえが絡まれているのか？」

「いやいや、違いますよ」

騒ぎの中心にいたためか、僕のせい……というか、僕が絡まれているように見えたようだ。

「じゃあ、何なんだ、この騒ぎは？」

「えっと……何と言えばいいかな？　みんなが子供達を心配してくれた結果かな？」

「はぁ？」

僕の説明にノアさんは、意味がわからない……という顔をする。

「「あのね、あのねー」」

「みんながねー」

「このいらい」

「「だめっていうー！」」

アレンとエレナが首を傾げているノアさんに向けて、いつの間にか手に持っていたバトルホースの依頼書を見せる。

「ん？　バトルホースの依頼か？」

「「そう！」」

「これを受けるのか？　ん〜、こいつは素早いし、なかなか強い魔物だが……まあ、タクミとおまえ達なら大丈夫なんじゃないのか？」

「「うん！」」

子供達は満面の笑みになる。

ノアさんが正当に評価してくれたのが嬉しいのだろう。

反対していた男達は、子供達の笑顔を見て気まずそうにしていた。

「なるほどな、この依頼を受けるのを反対されたわけか……まったく、おまえ達はさっさと自分の依頼を選んで仕事に行け！　人の心配はするなとは言わないが、まずは自分達の心配をしろよ、自分の」

ノアさんは周囲にいた男達を叱《しか》りつける。

「おまえ達、子供達に奢らせているっていう話じゃないか！　そんな情けないことをしていないで自分で稼いで来い！」

「「っ！」」

ノアさんの言葉に、男達が絶句する。

「な、何でマスターがそれを知って……」

「街の中の出来事なんて第三者の目があるんだ。すぐに広まるに決まっているだろう？　それが冒険者のことなら、俺のところに真っ先に流れてくる」

わ〜、この前の飲み会のことがもうノアさんの耳に入っているんだ。

噂話とか、そういう情報が広がるのも本当に速いよな〜。

「だいじょうぶ！　また、おごってあげる！」

「「「「っ！」」」」

「「「「ぶっ！」」」」

空気を読まない子供達のトドメのひと言で、バトルホースの依頼を反対していた男達ががっくりと項垂れてしまった。

さらに、遠巻きにこちらのことを窺っていた冒険者達が噴き出し、ノアさんも顔を背けて笑っていた。

しばらく笑いが広がっていたが、それが収まったところで、ノアさんが項垂れていた男達に依頼を選ばせ、追い出すように仕事へ向かわせる。

そして、落ち着いたところで改めて僕に声を掛けてきた。

「タクミ、おまえが保護者なんだから、子供達を止めろよ」

「止めるって何をですか？」

「何って……いろいろ？」

「いや、どれですか。というか、今回は別に止めるべき行動はしていませんでしたよ」

お酒を奢ることも、依頼内容についても問題ないものだったはずだ。

「おまえ達は普通にしていても目立つ存在なんだから、常識から逸脱《いつだつ》するようなことをするなよ。もともと絡まれやすそうなのに、さらに絡まれることになるぞ」

「……」

荒くれ者？　が多い冒険者ギルドに子供連れで来ている時点で目立つのは仕方がないことだが、逸脱した行動なんて……していないよな？

先日手に入れたクリスタルエルクの角なんかも、目立つから隠しているしね？　あ、そういえば、クリスタルエルクの角について、ヴェリオさんに報告しようか悩んだまま忘れていたな～。報告したほうがいいよな？　あ、もういっその事、王様――トリスタン様に手紙を出しちゃおうか！　うん、そうしよう！

「タクミ……何故、首を傾げる」

「えっとですね、逸脱した行動は極力避けているよな～……と思って？」

「……自覚なしか」

正直に身に覚えがないと伝えると、ノアさんに溜め息を吐かれてしまった。

「まあ、いい。些細《ささい》なことでも、何かあったらすぐに俺に報告しろ」

「……はい？」

「だから何故、首を傾げる」

ノアさんは、僕の反応に呆れたような表情をする。

「いや～、大きな問題があったら、それはもちろん報告しますけど……個人の、それも些細なことでほいほい報告するものですか？」

「おまえは必ず報告しろ！」

「……えぇ～」

普通は些細なことでギルドマスターに報告とかしないよね？　だが、ノアさんは少しのことでも報告しろと言う。

「おまえ達に何かあった場合、ルーウェン家が動く可能性がある。というか、動くだろう。そうなった場合、その対応が非常に大変だ。なので、事が大きくなる、あるいは起こる前に対処したいので、報告しろと言っている」

「……」

否定できないところが悲しい。

ノアさんの言う通り、僕達に何かあった場合、ルーウェン家が動く可能性は……あるよな～。

領主家が動いたら……うん、今は考えるのは止めよう。

「気をつけます」

「正直、依頼関係では心配していない。対人関係に大いに気をつけてくれ」

「……は～い」


ノアさんとの話が終わったところで、バトルホースの依頼の手続きをし、うきうきした子供達と山へと向かう。

そして山の奥に入ると、ジュール達を呼び出してバトルホースのいそうな場所を探してもらう。

すると、すぐに棲み処らしき場所が見つかった。

《ん～、ここら辺に臭いは残っているけど、気配はないな～》

「「いなーい？」」

《そうね。でも、臭いは薄れていないから、棲み処はここで間違いないと思うわ。今は外出中ってところね》

しかし、肝心のバトルホースの姿は見つからなかった。

ジュールとフィートは辺りの匂いを嗅《か》ぎ、注意深く周りを探る。

《バトルホースは本来、群れで行動しますよね？　ですけど、ここにはそれらしい形跡はありませ

んね。兄上、今回の依頼はどういうものなんですか？》
「どうもここにいるバトルホースは〝はぐれ〟らしいんだ」
《兄ちゃん、はぐれってことは一匹？　群れを追い出されたってこと？》
「群れを追い出された可能性もあるし、そうじゃない可能性もあるかな？　目撃情報だと一匹だけで、気性が荒いって話だから、自分から群れを出たということもあり得るな」
《なるほどなの！　じゃあ、群れを出て大暴れを繰り返して討伐依頼が出ちゃったの？》
「たぶんそういうことだね」
ボルト、ベクトル、マイルが今回の依頼内容を確認してくるので、僕は知っている情報を伝えていく。
「棲み処がここなら近くにいるだろう。とりあえず、この辺から探してみようか」
「「《《《《はーい》》》》」」
バトルホースが帰ってくるのを待ち伏せしてもいいが、散策がてらみんなで捜索することにしたが……そこで、何故かベクトルが止めてくる。
《兄ちゃん、兄ちゃん！》
「どうしたんだ、ベクトル」
《兄ちゃんはここでご飯を作っていてよ！　迷宮に行く時用の！》
子供達とは今度、上級迷宮に行こうと約束している。ベクトルはその時のために作り置き用の料理を作っていて欲しいようだ。
「あのな、ベクトル、迷宮用のご飯は、そんなに準備しなくていいんだぞ」
《何で⁉　今度、迷宮に行く時は、何日も行くんだよね？　じゃあ、ご飯はもっといるでしょう！》
「迷宮の中でも基本的にご飯はその場で作っていただろう？　作り置きの料理は、料理できないような場所とか、移動の関係上、ご飯の時間が遅くなりそうな時にすぐ食べられるように、っていうものだよ。だから、毎食分を用意する必要はないんだ」
まあ、実際のところ《無限収納《インベントリ》》での保存は限りなくできるから、たくさんある分には問題ないんだけどね。
《ああ、そうだった！》
《ベクトルは忘れっぽいの！》
《でも、兄様、保存用の料理は多ければ多いほどいいんじゃないかしら？》
「それはそうだけど、今日はみんなと散策したいな。駄目かな？」
《《《《《駄目じゃない！》》》》》
「「いっしょにいく！」」
料理するのは嫌いじゃないが、みんなと一緒にいたいと言えば、みんなは拒否なんてしない。言い方が狡《ずる》かったかな？

「「どこかな、どこかな～？」」
《いないね～。暴れていたらわかりやすいのにな～》
ちょっと早めの昼ご飯を済ませてから子供達とのんびり散策を始めたが、バトルホースの姿どころか気配も見つからずにうろうろと歩き回ることになった。
「「あっ」」
「クレンそう、みつけたー」
「こっちにはシュイそうがあったー」
とはいっても、ただ歩いているわけではなく、アレンとエレナはジュールと一緒に先頭を歩きながら、薬草採取に勤《いそ》しんでいる。
《ふふっ、アレンちゃんもエレナちゃんも勤勉ね～》
「本当にね。今は薬草採取をしなくてもいいんだけどな～」
《無理をしているわけじゃないので、いいのではないですか？》
《そうなの！　ただブラブラ歩くよりはいいと思うの！》
僕はフィート、ボルト、マイルと一緒にのんびりと後を追いつつ、やはり薬草の採取をする。
《ふふっ、兄様も子供達と一緒じゃない》
「いや～、目に入っちゃうと、採らなきゃ損っていう気分になってね～」
見つけたのに放置とか……無理だな。貧乏性だろうか？

《アレンちゃんとエレナちゃんは間違いなく兄様に似たのね》
《間違いありません》
《間違いないの！》
「……」
アレンとエレナがいつも薬草採取に勤しむのは、僕の行動が原因っていうことか？　一緒にいると行動が似るっていうやつかな？
「じゃあ、僕の悪いところが似ないように気をつけないとな」
《あら、兄様に悪いところってあるかしら？》
「いや、あるだろう。何、って聞かれると答えづらいが……怒られるところまではいかないけど、度々やりすぎだと指摘が入るんだからさ」
僕がそう言えば、ボルト、マイル、フィートは首を横に振る。
《兄上、指摘されているのは、特に悪いところではないと思いますよ》
《そうなの！　周りがタクミ兄の行動に対応が追いついていないだけなの！》
《そうね。兄様が凄すぎるだけよ》
「……えぇ～」
優しいフォローが入るけど……でもな～、それって僕が行動を自重したら指摘されなくなるってことだろうか？　違うような気がするが……深く掘り下げないようにしよう。

「そ、そういえば、ベクトルはどこまで行ったのかな？」
《あら、兄様。あからさまに話題を変えたわね》
いつものように《お肉を探してくる》と言って一人放浪《ほうろう》に出ているベクトルのことを持ち出して強引に話題を変えようとすると、フィートが微笑む。
「変えさせて」
《ふふっ、いいわよ》
将来、フィートには頭が上がらなくなるかもしれないな～。
《兄ちゃん！》
《あら、帰って来たみたいね》
「本当だね」
噂をしていると、ベクトルが帰ってきた。
《バトルホースを仕留めたよ！》
「「《《《……》》》」」
──バトルホースの死骸を咥《くわ》えてね。
「「……あぅ」」
嬉しそうに戻ってきたベクトルを見て、一生懸命《いっしょうけんめい》にバトルホースを探していたアレンとエレナがしょんぼりする。

落ち込む子供達を見て、ジュール達四匹がベクトルを責める。
《アレンとエレナが頑張って探していたのに！　どうして二人の楽しみを取っちゃうんだよ！》
《そうよ、ベクトル。いつもいつも好き勝手して！　少しは大人しくしなさい！》
《今回は庇《かば》えませんね》
《ベクトルはご飯抜きなの！》
《え、えぇぇぇ!!》
ベクトルは驚いて目を見開くが……特にマイルの言葉に一番衝撃を受けているように感じた。
《反省してるから！　ご飯抜きは止めてぇ～～～》
やはり、ベクトルはご飯抜きが嫌なようだ。
「……アレン、エレナ、どうする？」
「「……むぅ」」
許すかどうかはアレンとエレナの判断に任せようと確認してみると、二人はぷっくり頬を膨らませていた。
ご立腹のようだが、可愛いとしか言いようがない顔である。
《アレン、エレナ、本当にごめん。今後は気をつけるから許してぇ～～～》
「「……」」
《うわ～～～ん》

ベクトルは一生懸命に懇願《こんがん》するが、アレンとエレナは無言でぷいっと明後日《あさって》の方向を見る。
珍しく子供達の怒りは収まらないようだ。
《アレェ～ン、エレナァ～》
「「ぷん！」」
《うわ～～～ん》
ベクトルは子供達に自分を見てもらおうと二人の前に回り込むが、子供達はすぐに向きを変える。
ベクトルは顔を合わせてもらえなくて、完全に泣きが入っていた。
そこで僕は、とあることに気がつく。
「ん？　二人の顔……」
《うん、アレンとエレナ、顔がにやけているね》
《ふふっ。あれはベクトルをからかっているのかしら？》
《そうですね。怒っているふりのようです》
《いいの！　もっとやれなの！》
ベクトルから顔を背ける瞬間、子供達の顔は間違いなく笑っていた。
だが、再びベクトルが回り込む頃には怒った表情にしている。
「でも、気の毒になってきた。あれさ、自分がやられたら、やっぱり泣くよな」
《あ～、うん、泣くね》

考えたくはないが、自分がベクトルの立場だったら……絶対に泣く。
ジュールも同意し、フィート、ボルト、マイルも無言で頷いていた。
「止めてあげたいところだけど……もう少ししてからにするか」
《《《《賛成》》》》
自由奔放《じゆうほんぽう》過ぎるベクトルのお灸《きゅう》には最適なのでもう少しだけ放置することにした。
「じゃあ、僕達は今のうちに野営場所を探すか」
《やったー！　今日はお泊まりなんだ！》
《兄上、洞窟《どうくつ》でも探してきますか？》
お泊まりと聞いてはしゃぐジュールとボルトを落ち着かせる。
「実は家を作ってもらったから、今日はそれを使ってみようと思ってね」
《まあ、兄様、お家を作ったの？》
《早く見たいの！》
バトルホースの死骸を《無限収納《インベントリ》》にしまい、移動の準備を始める。
「というわけで、ボルト、人目のない少し拓《ひら》けた場所を探してくれるかい？」
《わかりました！　すぐに見つけてきます！》
それからすぐに、ボルトが良い場所を見つけてくれたので、アレンとエレナを止めておく。
「アレン、エレナ、そろそろ気が済んだかい？　移動するよ」

「「はーい！」」

声を掛ければ、二人はにこやかに返事をした。

《えぇ！　気が済んだってなに!?》

「アレンとエレナは怒ったふりだったみたいだ」

《ふり!?　えっ、今までのアレンとエレナは演技だったのぉ!?》

「「うん！」」

急展開に、ベクトルは目を白黒させていた。

《そんなぁ～。酷いよ～》

「いや、アレンとエレナもちょっとくらいは本当に怒っていたと思うぞ。バトルホースを一生懸命に探していたしな」

《……あぅ～。ごめんなさい》

僕がそう言うと、ベクトルは再びしょんぼりしてアレンとエレナに謝る。

「「うん、もういいよ～」」

《アレン、エレナ、反省したから、あの攻撃はもう止めて！》

「「かんがえておく～」」

《そんなぁ～～～》

子供達が新しく覚えた精神攻撃は相当こたえるようで、ベクトルはもう嫌だと訴えていた。

ボルトに案内してもらって移動すると、森の奥にちょうど良く拓けた場所があった。
「おぉ～、良い感じの場所だな。ボルト、ありがとう」
《いいえ、このくらい、いつでも言ってください》
ボルトを撫でてから、僕は《無限収納《インベントリ》》からまず小屋を取り出す。
《あれ？　もうちょっと大きいのかと思っていたよ》
「これは休憩用の小屋だよ。みんなには今後、家を出す場所を探してもらうことがあると思うんだ。だから、大きさを確認してもらおうと思ってね」
《そういうことなら納得！　大きさを覚えておけばいいんだね》
想像していたものと違ったため首を傾げていたジュールだが、僕の説明を聞いて納得したように頷いた。
《兄様、これは休憩用なのね？》
「そう。子供達をちょっと休ませたい時とか、雨が降った時の避難用に使う予定だよ」
《なるほど、わかったわ》
扉を開いて小屋の中をフィートに見せると、ジュール達も順番に中を確認する。
「そんなに寛げる広さじゃないから、こっちは緊急用って覚えておいてくれ。で、こっちが――」
僕は小屋を《無限収納《インベントリ》》にしまうと、今度こそ家を取り出す。

ボルトが探してくれた場所は、家を置いてもまだ少し余裕があった。
《今度こそ家だ！　凄ーい！》
《あら、結構立派なお家ね》
《そうですね。でもこれなら、ここよりももう少し狭い場所でも大丈夫そうです》
《おぉ～、凄い凄い！》
《素敵なの！》
ジュール達は家の周りを歩いて観察している。
「さて、ちょっと早いけど、今日はもう家の中で寛ごう。おいで」
「「《《《《《はーい》》》》》」」
家に入る前に《ウォッシング》をかけて綺麗にする。
「「ただいま～」」
《お、いいね。ただいま～》
《《《《ただいま～》》》》
「ははっ、おかえり～」
「「おにーちゃんも、おかえり～」」
「うん、ただいま～」
挨拶だけで、一気に〝自分の家〟という感じになった。

《わ～、中も良い感じだね！》
《とっても寛げそうだわ》
《明るいですけど、落ち着いた色合いです》
《うん、うん、落ち着く～》
《素敵なの！》
ジュール達は各々、好きな場所で寛ぎ始める。
「まだまだ家具とか小物とかを配置していないから、欲しいものがあったらどんどん言ってな。僕は脱いだ上着をかけるハンガーラックが必要だと思った」
これは早急に用意しよう。
今は仕方がないので《無限収納《インベントリ》》にしまい、僕もアレンとエレナと共にソファーに座る。
《ん～、そうだな～。ボク、大きなクッションが欲しいかな。ぼふって乗っかりたい！》
《おぉ～、いいね！　オレもそれが欲しい！》
ジュールとベクトルはクッションか。それだったら、絨毯の上に直接座る時に寄り掛かれるような大きいクッションがいいな。
そうそう、それとソファーにも普通のクッションもいるな。
《兄上、ハンガーラックにぼくの止まる場所を作ってもらうことはできますか？》
「ボルト専用のラックを作ってもらうぞ？」

《何個もあるのは邪魔だと思うので、ちょこっと隅にぼくの場所を作ってください》
「遠慮しなくてもいいんだけどな〜。でも、気を遣ってくれてありがとう。職人さんに相談してみるよ」
《はい！》
ハンガーラックというか、ハンガーポールだっけか？　いや、ポールハンガーか？
主軸のポールに枝がいくつかあるタイプで、枝の一つか天辺《てっぺん》にボルトが止まれるようにしてもらえばいいかな？
《タクミ兄、わたしは台が欲しいの。このテーブル、滑って登れないの！》
「「わっ！」」
《ありがとうなの！》
一生懸命に登ろうとするマイルを、アレンとエレナが慌ててテーブルの上に乗せてあげる。
「すぐに用意しておく」
《お願いなの！》
マイルが登れるように階段的なもの。ん〜……それよりも専用の椅子かな？　いや、両方か。これも早急に必要だな。
「アレンとエレナ、フィートはどうだ？」
「「ん〜？」」

《そうねぇ～、今は思いつかないから、何かあったらすぐに言うわ》
「「うん、いう！」」
「了解」
雑談しながらしばらくまったりし、それから晩ご飯の準備を始める。
「ん～、何を作ろうかな？　あ、肉まんでも作るか！」
「「にくまん！　たべたい！」」
《ああ、前に迷宮で作ってもらったやつ？　いいね！》
《あれ、美味しかったものね》
《兄上が作ったものもきっと美味しいでしょうね》
《肉まん！　肉まん！》
《食べたいの！》
以前、迷宮の中で出会った料理人のナターリさんが作ってくれたものだが、自分でも作ってみようと思ったのだ。
みんなの賛成の言葉を聞いて、早速、肉まん作りに取り掛かることにした。
まずはベーキングパウダーと似たような働きをするバーストパウダーを使って、包む生地を大量に作る。
そして、生地を寝かせている間に、次は中に入れる具だ。

ひき肉に小さく切ったタケノコとシィ茸《たけ》を混ぜ、味はショーユベースのものとミソベースのもの二種類を作る。

「あとは……エビとかホタテを混ぜて、海鮮まんにしてもいいな」

「「それも！　ほかは？」」

「他？　ん～、そうだな……トマトベースの具にチーズを入れてピザまん。カレーまんと餡《あん》まんもできるか！」

「「ぜんぶつくろう！」」

思いつく具を挙げていったら、子供達は目をキラキラさせながら見上げてくる。

「包むのが大変だぞ？」

「てつだう～」

「つくろう～」

「まあ、そうだな。時間はまだまだあるし、作るか！」

「「うん！」」

生地を多めに作っていたのは、次回のために《無限収納《インベントリ》》に保管しようと思ったからだけど、包んだものを保管……いや、できあがったものを保管したほうが、次の時はすぐに食べられるもんな。

というわけで、いろんな味の具を作り、子供達と協力してどんどん肉まんを包んでいく。

「あとは蒸し上がるのを待つだけだね」

蒸し用の鍋を作ってもらってから、なかなか使う出番がなかったが、今回やっと使用することができた。

「うん、もういいか」

「「かんせ～い。はやくたべよう！」」

十数分、様子を見ながら順番に蒸し上げて――完成！

肉まん二種類、海鮮まん、ピザまん、カレーまん、餡まんで六種類。

蒸し上がりを待っている間にゴマ油で香りづけした中華風のスープも作ったので、なかなかボリュームがある。ん～、僕でも全種類は食べられないかな？

「アレンとエレナは半分ずつ……でも多いか？　マイルも一緒に三分の一ずつかな？」

「「うん！」」

《はいなの！》

子供達の食べられる量は、総量的に二個くらいだろう。マイルも身体が小さいから、分けてちょうどいい量だと思う。

《ボクは一個ずつ食べたい！》

《オレも、オレも！》

「了解。フィートも一個ずつでいいかい？」

《兄様、そんなにいいの？》

「もちろん、いいよ」

《ありがとう、兄様》

ジュール、ベクトル、フィートは各一個ずつ。

「ボルトはどうする？」

《ぼくも全種類食べてみたいですけど、さすがに全部は入りません》

「じゃあ、僕と半分ずつにするか」

《はい！》

僕も全種類味見したいので、ボルトと分け合って食べることにした。

「「《《《《《んん～♪》》》》》」」

肉まんを食べた子供達は、唸《うな》っていた。まあ、みんなの顔がほっこりしているので、口に合ったかな？

だが、僕としては少し薄味に感じたので、中の具材はもっと濃い味付けでもいいかもしれない。

食後はまたみんなでのんびりと過ごし、最後に大きいベッドを披露《ひろう》してみんなで眠った。

ベッドは広々と使えるのに、真ん中にぎゅっと団子のように固まる様子は、森の中でも家の中でも一緒だったので少し笑えた。

閑話　友がやらかした

「父上、アルフィードです。入ってもよろしいでしょうか？」

私、アルフィードは、父であり、ガディア国の王であるトリスタンに用があり、父の執務室に出向いた。

「ああ、構わないぞ」

「失礼しま――」

許可が出て部屋に入った瞬間、私は思わず言葉を詰まらせてしまった。

何故かというと、部屋の中には父上だけではなく、宰相であるフォード公爵、オースティン兄上とフィリクス兄上、さらに大叔父《おおおじ》のライオネルまでがいて、父の執務机を囲んでいたからだ。

さらにグレイス母上もいたが、母上は少し離れたソファーに座り、何かを読んでいた。

「え？　勢揃いして……何事ですか？」

「アルフィード、タクミから手紙が来ましたよ」

私が驚いていると、オースティン兄上が何があったのか教えてくれる。

タクミは小さな弟妹と一緒に冒険者をしている青年で、私の友である。その彼から手紙が届いたようだ。

タクミは平民ではあるが、必要以上にへりくだることもしないし、媚《こび》を売ってくることもない、普通に接してくれる貴重な存在である。

なので、私達家族はみんな、タクミのことを気に入っているし、親しくしたいと思っている。

だが彼は、少々規格外なところもあり、目を離した隙に何か大事なことをしでかす恐れがあった。

そのため、タクミには近況報告も兼ねて定期的に手紙を出すように言ってあるのだ。母上の命令に近いお願いでな。

ということは、母上が嬉しそうに読んでいるものがその手紙なのだろうか？

「タクミからですか？　それにしては物々しい雰囲気ですね」

「手紙にこれが同封してあったのだ」

「は？」

父上が見せてくれたものは、『極秘事項』と書かれた封書だった。

「何ですか、これは？」

「今まさに、皆でそう言っていたところだよ」

「グレイスが今読んでいるものは、子供達の手紙を含めて、まあ……普通とは言い難いが、問題ない内容だった」

タクミは何をやったんだ？

オースティン兄上とクレタ国へ行ってからそれほど時間は経っていないのに、もう普通と言い難い行動をしているのか？

「だが、それとは別でこれが入っていたということは……普通ではないことが書かれている可能性が高い」

「父上、可能性が高いっていうか、間違いなくおかしなことが書かれていますよ」

フィリクス兄上の突っ込みに、全員が視線を落とす。

「トリスタン、こうしていても埒《らち》が明かん。中を確認しようではないか」

大叔父が父上に開封するように促すと、全員が同意するように頷いた。

「そうだな。開けるぞ」

全員が息を飲んで、父上の手に注目する。

「紙は一枚のようだな」

「……何が書かれていますかね」

「よし、行くぞ」

父が入っていた紙を広げて机の上に勢いよく置く。それを全員一斉に囲うように覗き込む。

――『クリスタルエルクの角を貰ったので、必要でしたらお譲りします』

「「「「「……」」」」」

書かれていた文字を読んで、全員が絶句した。

凄く簡潔《かんけつ》に書かれていたので内容はすぐわかったのだが、理解するのに時間がかかった。

「これは予想外過ぎる……」

「タクミはとんでもないものを、そんなものとは扱わずに簡単に提案してくるのですね」

「マジェスタの葉の時も驚いたが、それを上回るとは……」

父上と兄上達が遠い目をしている。

クリスタルエルクの角は稀少中の稀少な品だ。正直に言えば、誰もが喉《のど》から手が出るほど欲しいものだろう。

「タクミはやはり面白いな」

「ライオネル様、面白いで済ませないでください。私の胃に優しくありません」

「そろそろ隠居《いんきょ》して、地位を譲《ゆず》ってはどうだ？」

「それがいいかもしれません。婿殿《むこどの》に頑張っていただきましょう」

大叔父は面白そうにしているが、宰相は疲れた顔で腹をさすっている。しかも、さらっととんでもない話をしているではないか。

「タクミのことですから、クリスタルエルクに手を出したってことは間違ってもないでしょうけれど……」

クリスタルエルクは傷つけるだけで罪になる。タクミは知識に偏りがあるが……さすがにそのことを知らないっていうことはないだろう？　……ないよな？

と、そこで私はとあることに気づいて声を上げる。

「あっ！」

「アルフィード、どうかしましたか？」

「兄上、この手紙に『貰った』って書いてあります」

「そういえば、そうですね……え？　貰った？　クリスタルエルクの角を？」

「クリスタルエルクの角をほいほい譲る人なんているか？」

「「「……」」」

私が気づいたことを口に出せば、余計な混乱が起きた。

「……まさか、クリスタルエルクから貰ったなんて……そんなわけないですよね？」

「否定はできませんね。タクミと子供達は、何もしていないのに飛竜やグリフォンから懐かれる存在ですよ。クリスタルエルクにも懐かれた可能性はあります」

かなり非常識な想像だが、それが一番しっくりくる気がするんだよな～。

「たぶん、それが正解ね」

「母上？」

「子供達の手紙に『シカさんと仲良くなった』とあるわ」

「え、本当ですか？」

「ええ、いっぱいいたそうよ。ふふっ、角もいっぱい貰ったのかもしれないわね～」

母上の言葉に、全員で深い溜め息を吐く。

「アルフィード、今からでも遅くないわよ。タクミさんのところに行って、旅に同行してきたらどうかしら？」

「ついて行けそうもありませんから、遠慮しておきます」

「あら、残念」

タクミ達は何をするのかわからない。

たまに数日会うくらいなら楽しんで終わりかもしれないが、旅に同行なんてしたら常々気疲れしそうだ。とてもじゃないが、私にはそんな大役は無理である。

タクミ、頼むから少しは自重してくれ～。

第三章　贈りものを用意しよう。

「アレン、エレナ、今日は街を回って買いものをするよ」

「かいものー？」

「なにかうー？」

僕が今日の予定を告げると、アレンとエレナは揃って首を傾げた。

「いろいろかな。クッションとか自分達の買いものもあるけど、そろそろヴェリオさんとアルメリアさんの子供が生まれそうだから、そのお祝いの品だね。持っているものの中にもいくつか候補はあるけど、ブラブラしながら何か探そうと思ってね」

「「うん、さがすー」」

「ああ、それとヴァルト様の結婚祝いに良さそうなものも探す予定だよ。こっちはまだ先だから、頭の隅に入れながら店を見よう」

「「おー！」」

僕は子供達を連れて商店街に行き、まずは自分の用事を済ませてしまう。

「「ここ、しってるー」」

「覚えていた？」

「「うん！」」

「ベクトルと～」

「マイルを～」

「「たのんだとこ！」」

「正解！」

僕達がまず訪れたのは、『青の小鳥』。シーツやカーテン、子供達用の上着を頼んだお店だ。

「こんにちは。お願いしていたものはできていますか？」

「いらっしゃいませ。えっと、そのですね……」

「どうかしましたか？」

店に入ると、前回、注文した時と同じ男性店員が迎えてくれたので、頼んだものができているか確認してみる。

しかし何故か、店員さんは言葉を濁した。

注文した商品の受け取りを〝いつ〟と決めていたわけではないので、もしかしたら頼んでいた品ができあがっていなかったのかもしれない。

「来るのが早かったですかね？」

「いえいえ。えっと、すぐにご注文の品をお持ちしますので、少々お待ちください」

「……はい、わかりました？」

僕が首を傾げていると、店員さんは慌てた様子で店の奥へ行ってしまった。

一応、注文の品はできているようだけど……そうなると、あの態度はどういうことだろう？

「お待たせしました。ご確認をお願いします」

僕は店員さんが持ってきたものを確認する。

数種類のシーツと布団カバー、それにカーテン。どれも問題ない。

だが、そこで気づいた。

「あ、こっちか」

「すみません」

僕の言葉に、店員さんが――がばっと頭を下げる。

子供達用の上着は、緑と赤で二着ずつ頼んでいたが、ここには緑色のものしかない。ということは、赤い上着ができていないのだろう。

とりあえず、畳んで置いてある緑の上着を手に取って広げてみると、子供達が喜びの声を上げる。

「「おぉ～、マイルだ～」」

「へぇ～、良い感じだね」

風通しの良さそうな薄手の布で作られた七分袖《しちぶそで》くらいのカーディガンで、フードにはしっかりと長い耳がついている。うん、注文通りのものだ。

「それで……こちらなのですが……」

緑の上着の仕上がりに喜んでいる僕達に、店員さんが申し訳なさそうに赤い上着を出してきた。

「あれ、できているんですね？」

受け取って広げると、赤い上着は全体的にファーのようなもこもことした生地でできていて、フードにはしっかりと丸い耳がついている。鬣は難しいと思っていたが、ファーで良い感じに表現してくれたようだ。

「「おぉ～、ベクトルだ～」」

こちらにも子供達も大喜びだ。

「すみません。スカーレットキングレオらしさを追求しているうちに、ご注文の内容から逸れてしまいまして……」

「ん？」

「その、薄手ではなくなってしまいました。すみません」

「え、そこ!?　いやいやいや！　これ、とても良い感じです！　子供達も喜んでいますから、謝らないでください」

店員さんの謝罪は、注文通りでなかったことだったらしい。

確かにもこもことしたファーは暖かそうなので、夏には不向きだ。だが、そこまで厚手ではないので、これなら春秋用にちょうどいいかな。

「ここまでやってもらって、嬉しいですよ。――ね、アレン、エレナ？」

「うん！　これ、とってもいい！　ありがとう！」

素直な感想を言えば、店員さんは嬉しそうにする。

「おにーちゃん、これ、きたい！　きがえる！」

「こっちの緑？　――ここで着替えさせてもいいですか？」

「ええ、こちらに仕切りがございますので、そちらで着替えてください」

試着スペースのような場所があったので、そこで子供達の着ている服を一旦《いったん》脱がせ、薄手の服を着せてから緑の上着を着せる。

着替え終わった子供達は、フードを被るとその場でくるんとひと回りする。

「お～、可愛い可愛い！」

「「えへへ～」」

本物のマイルのように長い耳がぴんと立ってはおらず、垂れ耳になっているが、それでも可愛い。

……若干、僕のコートについている耳を思い出せる作りだけどね。

「いい仕事をしてもらって、ありがとうございます。なので、もう謝罪はなしでお願いします」

「「ありがとう～」」

「気に入っていただけて嬉しいです」

店員さんは改めてホッとした様子を見せた。

「あ、そうだ。追加の注文をお願いしたいんですけれど、いいですか？」

「はい、僕で良ければ問題ありません」

「問題なんてないですよ。じゃあ、早速ですが、ソファーで使うクッションをえっと……抱きかかえられるくらいのもので五個かな。それと子供達が乗れるくらい大きなものを……三個。こっちは丸いのでお願いしたいんですが、どうですか？」

注文したものの受け取りが終わったところで、早速新たに注文したくなったものを伝えていく。

「問題ありませんよ。それでは、こちらで布の種類と色を選んでいただけますか」

「はい。アレン、エレナ、クッションの色を選ぶよー」

「「はーい」」

店にある布を触らせてもらいながら、アレンとエレナと一緒に、家に合う色を選ぶ。

「触り心地はこれがいいかな？」

「「うん、これきもちいいー」」

「じゃあ、この中から色を選ぼうか」

「「えっとね……これ！」」

そうして子供達が選んだ色は、僕としては意外なものだった。

「これか？　家には合いそうだし、僕は好きな組み合わせだけど……二人は本当にこれでいいの？」

「「うん、これがいい！」」

「そうか。じゃあ、大小合わせて八個のクッションを頼んだから、四個ずつにしてもらおうか」

子供達なら青やピンクなどの明るめの色を選ぶと思ったのだが、濃緑色と焦げ茶色という、シックなものを選んだのだ。

今のところ家の内装は落ち着いた色合いでまとまっている。なので、たとえ派手な色を選んでも問題なかったのだけどな～。

まあ、でも、これはこれで森の中のイメージでいいのかもな。

「よし、これで自分達用の用件は終わりだな」

「つぎー？」

「まだあるー？」

「次は生まれる子供用だね」

「「なに、たのむのー？」」

うーん、正直このお店では特に頼む予定はなかったんだけど……さっきのベクトルの服を見て思いついたことがある。

「さっき思いついたんだけど、ぬいぐるみとかどうだろう？」

「ふあふあがいい！」

「もこもこがいい！」

「そうだね。ふあふあ、もこもこのぬいぐるみを頼もうか」

レベッカさんが既に用意しているかもしれないが、多少数が多くても問題ないだろう。

というわけで、ぬいぐるみを注文する。パステルラビットをモデルとした、いろんな色のものをね。

「アレンにもつくってー」

「エレナにもー」

アレンとエレナが家にも置きたいと言うので、さらにジュール達五匹のぬいぐるみも注文した。

「あと、頼み忘れはないかな？」

「ん～？　だいじょうぶ？」

まあ、頼み忘れがあったらまた頼みに来たらいいだろう。

というわけで、僕達は注文したものが仕上がる予定日を聞いてから、『青の小鳥』を後にした。

『青の小鳥』を出た後、僕達は順番に店を覗きながら歩いた。

「ここはパンやさん～」

「ここはおとまりするところ～」

「ここはおにくやさん～」

「ここは……なにやさん？」

子供達は一軒一軒、何を売っているのかしっかりと確認する。

「あ、ここは木工細工《もっこうざいく》の店だな。ちょうどいいから、ここに寄ろうか」

「「なにかうのー？」」

「ボルトが止まれるポールハンガーと、マイル用の階段と椅子だよ」

「「おぉ～、よろう、よろう！」」

子供達は用件を聞くと、僕の手を引っ張って急いで店に入ろうとする。

「慌てなくても店は逃げないぞ」

「はやくちゅうもんすると！」

「はやくできる！」

「えぇ～」

数分だろうが、早く注文すると早くできあがるという理屈だろうか？

気持ちは分からないでもないけどね。

「「こんにちはー」」

「おや、可愛い客が来たな」

「「ちゅうもんあるの！」」

「おうおう、いいぞ。聞かせてみろ」

子供達の怒涛《どとう》の勢いに、店の人も動揺することなく耳を傾ける。

強面《こわもて》の中年の男性だが、人当たりはとても良いようだ。

「『あのね、あのね』」

「ポールハンガーとね」

「ちいさいかいだんとね」

「『ちいさいいすがほしいの！』」

子供達は入店の勢いはそのままに、注文したいものを一気に告げる。

「『できるー？』」

「……頼みたいものはわかった。兄ちゃん、具体的な説明を頼んだ！」

欲しい商品はわかっても、具体的な大きさなどがわからなかったのだろう、店の人は僕のほうに顔を向けて説明を求めてくる。

というわけで、僕はまずボルトが止まれるように工夫したポールハンガーの構想を説明した。また、ポールハンガーに直接上着を引っ掛けてもいいのだが、ハンガーがあってもいいだろうと思い、ついでにいくつかのハンガーもお願いする。続いて三十センチくらいのミニ階段、同じく三十センチくらいの小さな椅子についても説明していく。

あとは必要になるかもしれないので、戸棚や本棚も注文しておいた。

「どうですか？」

「ふむ。まあ、問題はないな。これなら二、三日でできるな」

それなりの数になったが、問題ないみたいだ。

しかも、二、三日で仕上がる！　仕事が早い！

「本当ですか！　ぜひ、お願いします」

「「おねがいします！」」

自分の注文が終わると、このお店でも生まれる子供用の玩具《おもちゃ》を頼むことにする。

「それと、少し相談があるんですが……」

「ん？　何だ？」

「これを見てもらえますか？」

僕はあらかじめ紙に書いておいた、設計図とまではいかないが、絵を見せる。

「箱か？　それにいろんな形の穴が開いているのか？」

横四面と上部に丸、三角、ハートや星などのいろんな形の穴が空いた、上部が開閉できるような四角のボックスと、穴と同じ形のブロックの絵だ。

パズル的な知育玩具でこんなものがあったよな～と思いながら書いたのだ。

「穴は複雑なものじゃなくていいんで、それぞれの形はバラバラにしてください。穴と同じ形のブロックを入れられるようにして、入れたブロックを取り出せるように、箱は開閉できる作りです。ただ、子供の玩具なので、金具が飛び出ているのは避けたいですね」

「ほぉ～、子供の玩具か？　面白そうだな」

「できそうですか？」

「やってみよう」

「お願いします」

感心したように頷く男性に尋ねると、快い返事があったのですぐにお願いする。

「注文は以上か？」

ん〜、あとは何かあったかな？

そうだ、アレもお願いしようかな。

「あっ、あれ！　えっと……椅子の足にカーブした板をつけた前後に揺れる椅子」

「揺《ゆ》り椅子のことか？」

「揺り椅子っていうんですね。それを椅子じゃなくて、赤ちゃんが寝かせられるくらいの囲いつきベッドみたいなものってあるんですかね？」

「ベッド？　ああ、揺り籠のことか？」

「あ！　そうか、揺り籠か……」

揺り籠！　凄く聞き覚えのある単語だから、ヴェリオさん達も当然用意しているだろうな〜。ってことは、僕も頼んでしまうと、重複してしまう可能性が高い。これはぬいぐるみと違って、複数あっても意味がないか。

良い思いつきをしたと思ったんだけどな〜。

「「おにーちゃん、おにーちゃん」」

「どうした？」

「ゆりいす、ほしい！」

お祝いの品としては却下だな……と思ったところで、子供達が揺り椅子を欲しがった。

まあ、揺れる椅子って子供は好きそうだもんな。

「いいよ、注文しようか。普通の大きさの椅子がいい？　それとも小さい椅子がいい？」

「おおきいの！」

「了解。――すみません、大人用の揺り椅子を一つじゃなくて……二つか？」

男性に注文しながら、アレンとエレナに尋ねる。

「ひとつでいいー！」

「いっしょにすわるー！」

「一つ追加でお願いしてもいいですか？　あ、ちょっと幅を広めで」

「おう、いいぞ」

他に思いつくものもなかったので、改めて注文品についてお願いしてから店を出た。

「つぎは～」

「どこがいいかな～」

「二人の欲しいものも探していいんだぞ？」

「「んにゅ？」」

僕の言葉に、アレンとエレナは不思議そうに首を傾げた。

「「かってるよー？」」

「ぬいぐるみとか～」

「いすもかった～」

「そういえば、そうだな」

「「うん、そうだよ～」」

うちの子達はしっかりと主張してくれるので、欲しいものは買っていたな。

そう思ったところで、二人が不意に声を上げた。

「「あっ！」」

「どうした？」

「「おやつ！」」

「あめがほしいの！」

「もうなくなるの！」

「ああ、アメ玉ね」

それぞれに持たせて好きな時に食べるように言ってあるアメ玉って……王都に行った最初の頃に買ったやつだよな？　二人とも大事に食べていたようだ。

二人に買ってあげた時に一緒に買ったものが《無限収納《インベントリ》》にもまだあるが……まあ、それは保管用にして、ここは新しく購入しよう。

「いいよ、そのお店も探しながら歩こう」

「わーい」」

「確かいろんな味があったよな～。何味にするのか考えておかないと」

「はちみつ！」」

「ははっ、もう決まっているのか？」

「うん！」」

前に買った時も蜂蜜味《はちみつあじ》だったはずだから、余程気に入っている味なのだろう。

「アレンもエレナも無駄に食べることはしないし、二人のマジックバッグはまだ余裕はあるみたいだから、今回は二、三種類買ってもいいぞ～」

「ほんとう⁉」」

「本当。でも、いっぱいあるからって一日に何個も食べるんじゃないぞ。それが約束できるなら買ってもいいかな」

「やくそくする！」」

アレンとエレナは約束をしっかり守るので、仮に全種類のアメ玉を買い与えても問題ないだろう。

だが一つだけ問題があって、二人のマジックバッグはわりと大容量ではあるが、時間遅延はほとんどないのだ……アメ玉って、溶けるよな〜。

今度、マジックリングを探しに上級迷宮に行く時は、時間遅延つきのマジックバッグも探すことにしよう。


「ん？　ここは……画廊かな？」

「『えがいっぱい！』」

引き続き、店を覗きながらぶらぶらしていると、店内の壁にたくさんの絵が飾ってあるお店を見つけた。

「いらっしゃいませ」

絵を眺めていたら、初老の男性が近づいて来た。

「こんにちは。すみません、ここは絵を売っているお店ですか？」

「当店は道具屋になります。紙やペン、インクなどを扱っております。あれらの絵も一応は売りものではありますが」

「道具屋？　えっと、一応とはどういうことですか？」

「これらの絵は私の孫が描いたものなのです。売れない画家っていうやつで、ほとんど売れることがありません」

「そうなんですか？　上手いと思うんだけどな〜」

風景のものもあるし、動物や植物、魔物を描かれたものもある。

まあ、風景は似たようなものばかりだし、魔物も姿形がはっきりと伝わっている低ランクのものばかりだけどね。もしかしたら、見たことがあるものしか描けないのかもしれないな。

だが、全体的に淡《あわ》い色合いの優しい作風で、僕は結構好きな感じだ。

「生活に余裕がございませんと、絵を購入しようとは思いませんからね」

「……ああ、そうか」

この世界で絵を飾るのは富裕層、主に貴族だが、貴族の邸《やしき》に飾る絵となればしっかりとした木枠に布を張ったキャンバスがほとんどだ。

しかしここに飾ってある絵は、どれもＡ４サイズくらいの紙に描かれている。

なので、手軽に手に入れられるサイズではあるのだが、庶民が絵を買うことはほとんどないのでなかなか売れないのだろう。

……あれ？　というか、油絵の具って紙に描いても大丈夫なのかな？　いや、というか、この絵の雰囲気って水彩画っぽい？

確か、クレヨンを見つけた時、絵を描くものは顔料しかないとは聞いたが、顔料から作られるものが油絵の具とは限らないってことかな？

「もっと大きな……キャンバス？　とかに描かないんですか？」

「小さい頃から紙に慣れ親しんでいたせいか、どうも思う通りに描けないようです」

……実家が道具屋だった弊害《へいがい》かな？

「一枚どうですか？　そろそろ処分しようと思っておりましたので、お安くしますよ」

「処分するんですか？　それはもったいないなくないですか？」

「そうですね。ですが、孫にもそろそろ現実を見てもらわなくてはなりませんからね。将来、困るのはあの子ですから」

「厳しいですね」

本当は応援したいという気持ちが言葉の端々《はしばし》に滲《にじ》んでいるが、お孫さんのためにも心を鬼にするつもりらしい。

「それじゃあ、いくつか買おうかな。――アレン、エレナ、お家に飾る絵を買うから、選んでみて」

「「もりのおうちー？」」

「そうだよ。気分によって替えてもいいから、好きだと思ったものいくつでもいいよ」

「「わかったー」」

子供達に順番に絵を見て好みのものを選ぶように言うと、張り切って一枚一枚絵を吟味《ぎんみ》し始める。

「「あれ、かわいい！」」

「ん、どれだ？　ああ、パステルラビットか？　確かに可愛いな」

「「ねぇねぇ、あれ、おいわいはー？」」

「お祝い？　ああ、良いかもな」

子供達が五匹のパステルラビットが団子になっている絵を見つけ、お祝いの贈りものにどうかと勧めてくる。

なかなか良い意見だ。確か……ウサギは縁起が良かったはず。子孫繁栄とか円満とかね。

ただ、やはりサイズが小さいのだ。

そこで、お爺《じい》さんに尋ねてみることにした。

「すみません、大きい紙というのはないんですか？」

「えっと？」

使う機会がなかったから気にしなかったが、大きい紙があるなら解決しないか？

「そうだな。この紙の四倍？　もうちょっと大きくてもいいですけど」

「こ、工房へ行けば、裁断前のものがあると思いますが……それがちょうど四枚分の大きさです」

「おお、本当ですか？　じゃあ、お孫さんにその大きな紙にパステルラビットの絵を描いてほしい、って依頼をしたら、受けてもらえますか？」

「え？　ええ？」

僕の話が急だったせいか、お爺さんは盛大に混乱している。

「絵を諦めさせるって言っていましたし、個人の依頼は駄目ですかね？」

「い、いや……駄目では……」

「じゃあ、お願いしたいんですけど、どうしたらいいですか？　僕は今ここで注文して、前金を払うんでもいいんですが……お孫さんを紹介してもらって改めて注文したほうがいいですか？」

「え、えっと……ま、孫を呼んできます」

お爺さんは、慌てながら店の奥に駆けていく。

「『いっちゃったー？』」

「絵を描いてくれる人を呼んできてくれるって」

そしてすぐに、青年を連れて戻ってきた。

「ぼ、僕に絵の依頼をしたいって本当ですか⁉」

「ええ、パステルラビットを題材とした絵をお願いしたいです。ただ、大きい紙でお願いしたいんですけど、大丈夫ですか？」

「は、はい！　が、頑張ります！　――爺ちゃん、僕、工房に紙を貰いに行ってくる！」

お孫さんは依頼を受けてくれるようだが、詳細を話す前に店の外へと飛び出して行ってしまった。

そんな孫の背中を見ながら、お爺さんが苦笑する。

「落ち着きのない孫で申し訳ありません」

「大丈夫ですよ。ただ、料金も期限も決めていないんですよね～」

「重ね重ね申し訳ありません。一応、店に飾って売っているものは銀貨一枚で売っておりました。それと期間については、孫のあの様子ですと、おそらく二、三日あれば大丈夫だと思います」

「ん～、じゃあ、三日後に一度確認に来ます。料金は……」

僕はとりあえず金貨を前金として差し出し、絵を入れる額の注文も合わせてお願いした。

紙の正確な大きさがわからないし、さすがに複雑な彫りが入ったものだと時間が掛かるのでそこまで複雑ではないもので、だからといって安っぽい感じなのは避けて……という内容で、特急料金も支払う旨《むね》も伝える。

「あとは絵の出来映えを見て支払う感じで大丈夫ですか？　あ、もう少し前金が必要ですかね？」

「いえいえ、充分でございます」

とりあえず注文のほうは無事に終了し、次に店にあったパステルラビットを含め、風景画などと一緒に自分達用に購入する分を選ぶ。

「あ、こっちの絵をパズルにするっていうのもありかな？」

絵を手にしていると、ちょっと使い道を思いついた。

絵に少し厚みを作って表面をコーティングし、カットしたらパズルにできそうだと思ったのだ。

あ、でも、僕のイメージするピースにカットするのは無理だと思うので、適当な曲線でカットになるけどな。

「でも、せっかくの絵を切ったりしたら、失礼かな？」

「お買い上げいただいたものをお客様が破り捨てるのも、焼いて灰にするのも自由ですよ」

「いやいや、破り捨てないし、灰にもしませんからね!?」

僕の呟《つぶや》きを耳にしたお爺さんが大胆な返答をしてくるので、僕は少し慌ててしまう。

だが、お爺さんの発言で加工することへの抵抗が減ったので、パズルを作ってみようとその分も考えて絵を購入した。

「じゃあ、三日後に顔を出しますが、様子見を兼ねていますので、慌てて仕上げないで落ち着いて描くように、お孫さんに伝えてください」

「はい、伝えておきます。本日はありがとうございました」

道具屋を後にした僕達は、さらに街をぶらぶらしていろいろ買ってからルーウェン邸に帰った。

ちなみに、自室に戻ってすぐに、パズルを作ってみた。材料も仕入れて来たしな。

最初は適当な曲線で作ろうと思ったのだが、やはりそれではパズルっぽくないので、頑張って慣れ親しんだ形で、八×十三の一〇四ピースに切り分けた。

作り終わったところで、早速子供達に遊んでみてもらったのだが、大いに喜んでいた。

というわけで、一二六ピース、一六五ピースと、ピース数を増やして加工していく。

慣れたのか、【細工】スキルの熟練度が上ったからなのかわからないが、作るたびに作業が簡単になっていったので、さして苦もなくいくつかのパズルを完成させた。

ただ、パズルピースが混ざらないように小分けする小箱と、パズルで遊ぶための台と枠が欲しくなったので、急遽《きゅうきょ》、翌日も買いものに出かけたのだった。

そして三日後、依頼した店に注文した品を確認に出かけたのだが……どの店も、早めに仕上げてほしいと言っておいた贈りもの用の品だけではなく、自分達用に注文していたものもしっかりと完成させてくれていた。

料金を支払い、品を受け取ったが、どれも満足な品だった。

特にパステルラビットの絵は素晴らしかったので、追加で絵をお願いすることにした。

先日この店で購入した絵は、最終的にほとんどパズルに加工してしまったので、移動用の家に飾る絵がなくなったからな。この際、大きな絵のほうがいいと思ったのだ。

道具屋のお孫さんに追加の注文を伝えると、お孫さんは喜びながらまた店を飛び出して行ってしまった。どんな絵がいいか伝える前にね。

お爺さんが済まなさそうにしていたが、僕は構わずに額付きでパステルラビットの絵と風景画をそれぞれ一枚ずつと注文して帰ったのだった。

◇　◇　◇

――ピロンッ♪

ルーウェン邸の部屋でゆっくりしていた時、久しぶりに脳内に響いた音に、僕はすぐにウィンドウ画面を開いて確認する。

するとシルから手紙というか、カードが届いていた。

「えっと……これはリクエストだな」

カードの内容は、ルイビアの街に到着した時に神殿に赴《おもむ》いた際、月に一度くらいなら食べたいものをリクエストしていいと許可したので、そのリクエストについてだった。

カードそのものは凄くおしゃれな金の飾り枠が描かれた、上質な紙なんだけど……書いてある内容は、何とも残念感たっぷりである。

「……肉まんね」

数日前に僕が作った肉まん六種類が気になったようだった。

相変わらず頻繁《ひんぱん》にこちらの様子を窺っているんだな。しかも、カスタードクリームまん、チョコレートまんも作ってほしいとまで書いてある。

「それにしても、カスタードクリームまんにチョコレートまんか。作った時には思いつかなかったよな～」

作ってないものまで知っているのは、創造神のマリアノーラ様かな？　地球の食べものに詳しいってシルが言っていたしな～。いや、でも、パンの種類を考えれば思いつくチョイスなのかな？

「でも、バーストパウダー付きなのはありがたいかな」

カードと一緒にバーストパウダーが大量に送られてきていたのだが、これはあまり手持ちになかったので普通に嬉しい。

ん～、肉まんは先日作ったものがまだ残っているけれど、シルに送るには少々足りないだろう。

リクエストの話をした時に、すぐには送れないかもしれないとは言ってあるけれど、今日はちょうど手が空いているのでこれから作ることにしよう。

「アレン、エレナ、また肉まん作りをするけど、手伝ってくれるー？」

「「うん、おてつだいするー！」」

子供達にも手伝いをお願いすると、二人は快く引き受けてくれる。

「じゃあ、まずは生地を捏《こ》ねるのを手伝って」

「「はーい」」

早速、厨房《ちゅうぼう》の一画を借りて生地作りから始める。

前回は同じ生地で中身だけを変えたが、今回は生地も工夫することにしよう。

カレーまんならカレー粉を練りこんだ黄色っぽい生地に、チョコレートまんはココアを練り込んだ生地という具合に、全部ではないが少しでも見た目で中身がわかるようにしよう。

生地ができたら、次は中に入れる具を作る。

どれも簡単なものや作り慣れたものばかりなので、さくさくと作り上げていく。

ただまあ、チョコカスタードではなく、チョコクリームを作るのは初めてだったので少し時間が掛かったかな？

それが終わったら、子供達と一緒に生地に具をどんどん包んでいき、順番に蒸し上げていく。

「よし、完成！」

「「いっぱいできたねー」」

「できたね」

温かいうちに、シルに送る分を取り分けておこう。

たぶんマリアノーラ様、火神サラマンティール様、土神ノームードル様と一緒に食べるだろうから各種四個ずつは必要だな。あと、もしかして！　もしかして水神ウィンデル様もいるかもしれないので、予備も含めて五個ずつにして、人目がないことを確認してから送ってしまう。

さて、これでひとまずいいな。

「とりあえず、カスタードクリームのとチョコレートのを食べてみる？」

「「たべるー」」

「じゃあ、半分ずつね」

「「うん」」

新作の二種類をおやつに残し、残りは《無限収納《インベントリ》》にしまっておく。

「「おにーちゃんもたべるー」」

「ありがとう」

アレンとエレナが気を利かせてくれて、カスタードクリームまんとチョコレートまんを三分の一ずつにして僕にも分けてくれた。

「うん、良い感じにできたな」

「「うん、おいしい！」」

「さて、あとは何を作るかな」

「「まだつくるー？」」

子供達はカスタードクリームまんを頬張りながら、僕の言葉に首を傾げる。

「せっかく厨房にいるからね。そうだな～、バーストパウダーがたくさん手に入ったことだし、パウンドケーキでも作るかな」

「「パウンド！　だいすき！」」

以前にも、ベーキングパウダーを使わない、なんちゃってパウンドケーキなら作ったことがあるが、やはり膨らみは微妙だったのだ。

なので、手に入ったバーストパウダーを使って再挑戦しようと思う。

「前は……木の実と干し果実を入れて作ったんだっけか？」

「「おいしかったー！」」

「そう？　それは良かった。今回はどうしようか。やっぱり同じものかな」

前に作った時は、シンプルなプレーンの生地に刻んだコトウの実——クルミと、干しククルの実——レーズンをたっぷり入れたものを作った。再挑戦なので、やはり同じものを作るべきだろう。

「「おなじのたべるー！　でもね、でもね！」」

「アレン、レモネーのもいいとおもう！」

「エレナはね、オレンもいいとおもう！」

アレンとエレナがパウンドケーキのアイデアを出してくる。

「おぉ、いいね。というか、よく思いついたな～」

レモンもオレンジも、その皮を入れたものは、パウンドケーキとしては定番の味だ。だが、その知識を持っている僕ならともかく、何も知らない子供達が思いついたのは凄いことだ。

「「あとね、チョコのもつくろう！」」

「それもいいね。でも、チョコレートよりはココアかな？　あとは紅茶、栗《くり》……じゃなくてマロー」

「イシウリ！」

「アマいも！」

「よし、いっぱい作るか！」

「「つくるー！」」

というわけで、次はパウンドケーキ作りに勤しむことにした。

プレーン、プレーン生地のコトウの実とククルの実入り、プレーン生地のマロー入り、ココア、プレーンとココアのマーブル、紅茶の茶葉入り、イシウリ――カボチャのペーストと角切り入り、アマ芋――サツマイモのペーストと角切り入り……と、思いついたものはどんどん作っていった。

小麦粉はもちろん、バターや砂糖を大量消費したので、今度買い足しておかないとな～。あ、ついでに白麦も買っておこう。

それ以外は……大丈夫かな？

肉は魔物を狩るのでいっぱいあるし、魚も漁をしたのでいっぱいある。

野菜と果物は、先日森の中で出会ったマーシェリーさんからたくさん貰っているので大丈夫。

ルイビアの街に来る直前、僕達は森で菜食主義のエルフであるオズワルドさんと出会った。そのオズワルドさんには複数の従魔がいて、その一人がドライアドのマーシェリーさんだ。彼女は樹の精霊なだけあって植物に関しては誰よりも知識豊富であり、日頃から育てている野菜や果実を譲ってくれているのだ。

……うん、大丈夫だな。というか、大丈夫すぎるな～。

そんなことを考えているうちに、パウンドケーキは全て焼き上がった。

「良い感じに焼けたね」

「「おいしそうだね」」

「そうだね。さあ、レベッカさんを誘ってお茶にしようか」

「「うん！」」

パウンドケーキって冷ましてから食べるほうがいいと聞くが、焼き立てを食べるのもいいよな！

というわけで、ちょうどお茶の時間なので、切り分けたパウンドケーキを持ってレベッカさんのところに向かった。

「「おばーさま！」」

「あらあら、いらっしゃい」

突然の訪問だったにもかかわらず、レベッカさんは笑顔で迎えてくれた。

「突然すみません。新しいお茶請《ちゃう》けを作ったので、一緒にどうですか？」

「「おちゃしよう？」」

僕達のお誘いに、レベッカさんはにこやかに頷く。

「ふふっ、誘ってもらえて嬉しいわ。それに、タクミさんの新作も楽しみね。そうね、せっかくだからヴェリオさんとアルメリアさんも誘いましょうか」

「そうですね。でも、急に呼んで大丈夫かな？」

「大丈夫、喜んで来るわよ」

レベッカさんが人をやって誘ってみたところ、彼女の言う通り、ヴェリオさんもアルメリアさんも突然のお茶会に参加してくれた。

「オレン、おいしい！」

「レモネーもおいしい！」

「コトウの実とククルの実が入ったものは、前に作ってくれたことがあるわよね？　前に頂いた時よりさらに美味しくなっているわ〜」

「この焦げ茶色のものはほんのり苦いが、お茶とよく合うね」

「アマ芋のものも美味しいですわ」

どれも食べてみたいということで、パウンドケーキはひと口サイズに切り分けて全種類味わってもらったが……いずれも好評だった。

「っ！」

「アルメリア!?」

そんな和やかなお茶の時間を楽しんでいると、急にアルメリアさんがお腹を押さえて苦しみだした。

「あらあら、産気づいたのかしら？」

「「えっ、生まれる!?」」

レベッカさんの言葉に、僕とヴェリオさんの驚きの声が重なる。

そしてヴェリオさんは、目に見えて狼狽《ろうばい》しだした。

「ア、アルメリア、だ、大丈夫か!?」

「ヴェリオさん、落ち着いて。慌てても仕方がないわよ。ヴェリオさんはすぐにアルメリアさんを用意してある部屋に運んで、楽な体勢にしてあげなさい。私は助産師の手配を頼んでくるわ」

「は、はい！」

レベッカさんはゆったりと立ち上がると、おろおろするヴェリオさんに指示を出す。

するとヴェリオさんはアルメリアさんを抱き上げて、慌てつつも慎重に運んでいった。

「タクミさん、アレンちゃん、エレナちゃん、慌しくなってしまってごめんなさいね」

「いえいえ、大丈夫です」

「「うまれるー？」」

「そうね。予定日を考えると、間違いないと思うわ」

レベッカさんは、もう一度お茶会が中断したことを謝罪してから、人の手配のために部屋を出て行った。

「いつ、うまれるー？」

「すぐ、うまれるー？」

「ん～、すぐではないかな。子供を産むのは時間が掛かるって言うしね」

「「そっか～」」

アレンとエレナはわくわくした様子だが、まだ時間が掛かると聞いて少しだけしょんぼりする。

「気になるけど……僕達がうろちょろすると邪魔になるから、大人しく部屋にいようか」

「「……はーぃ」」

「そう落ち込まなくても、生まれたらすぐに教えてくれるよ。だから、楽しみに待っていよう」

「「うん！」」

お産の部屋周辺はバタバタしているだろうから、さすがにそこに行くのは邪魔になるだろう。

なので、僕は子供達を連れて自分の部屋に戻ることにした。

「——って、何でここに来たんですか⁉」

僕達が大人しく部屋にいたら、何故か！　何故かヴェリオさんがやって来て、ソファーに座り込んでしまった。

「……うろうろしていたら邪魔だと言われてしまって」

「アルメリアさんの傍に行って、手でも握ってあげてくださいよ」

「よほどのことがない限り、産室に男は入れませんよ」

「あ、そうなんですか？」

そうか、この世界では男親が出産に立ち会うことはしないのか。というか、避けることがほとんどなのかな？

「じゃあ、仕事をしている……とかは？」

「手につきませんでした」

「……」

まあ、子供が生まれそうなんだから、仕事はしていられないか。

「アレン、エレナ、ヴェリオさんに遊んでもらいな～」

「「は～い」」

子供達と遊んでいれば、気も紛れるだろう。

「ヴェリオにーさま、パズルしよ～」」

「パズル？　それは何ですか？」

「これだよ！」」

アレンとエレナは、テーブルの上のパズルのピースをバラバラと広げる。

「えっとね、こうやって～」

「これをね、つぎはこれ～」

パズルを知らないヴェリオさんのために、子供達は見本を見せるようにピースを並べる。

「……なるほど」

そしてヴェリオさんは、子供達がピースを並べていくのを真剣に見つめていた。

「バラバラになった絵を並べて遊ぶのですね。初めて見ましたが、よくできていますね～」

「おにーちゃんがね、つくってくれたのー」」

「タクミくんが？」

「はい、絵をたくさん買ったので、それをちょっと加工してみました」

「なるほど、これはいいですね」

そんな感じで子供達の相手をしているうちに、そわそわしていたヴェリオさんも落ち着いてきたようだった。

日が暮れ、引き続きヴェリオさんと一緒に晩ご飯を済ませた僕達は、ヴェリオさんの提案で、産室に一番近い談話室で過ごすことにした。

「付き合わせてしまってすみません」

「いえいえ、僕も気になりますしね」

陣痛が始まってから出産まで半日くらい掛かると聞いたことがあるので、生まれるのは夜半、もしくは朝方になる可能性がある。まだまだ時間は掛かるだろうが、暢気に眠れるわけもなく、ヴェリオさんと一緒に徹夜《てつや》予定である。

さすがに子供達は、ソファーの中央に座った僕の両足を膝枕《ひざまくら》にして寝ていた。部屋のベッドに寝かせようとしたのだが、嫌がったためこのような格好になったのだ。

「ヴェリオさん、飲みもののお代わりはいりますか？」

「いいえ、さすがにもう……」

「ですよね」

紅茶やコーヒーでそろそろお腹がたぷたぷになりそうになった時、バタバタと慌しい足音がし、ノックと共に部屋の扉が開いた。

「失礼いたします！　グランヴェリオ様、お子様がお生まれになられましたよ」

「本当ですか！」

使用人さんの言葉に、ヴェリオさんは嬉しそうな表情で立ち上がる。

「「うまれた！」」

寝ていたアレンとエレナも飛び起きた。とても良い寝起きである。

「あれ？　ヴェリオさん、行かないんですか？」

「そ、そうですね」

すぐにでもアルメリアさんのところに行くと思っていたヴェリオさんは、呆然と立《た》ち竦《すく》んでいる。

声を掛けてみたが、頷きはするものの何故か動こうとしない。

よほど緊張しているんだろうか？

「「みにいっていい？」」

すると、待ちかねていた子供達が、無邪気に声を上げた。

「えっと……ヴェリオさん、僕達も行っていいですかね？」

「え、ええ、もちろんです。そ、そうですね、一緒に行きましょうか」

「ヴェリオさん、ありがとうございます。――アレン、エレナ、アルメリアさんも赤ん坊も疲れているだろうから、今はひと目だけね。すぐに部屋に戻るからな」

「「わかったー」」

本当なら僕達は遠慮したほうがいいとは思うんだが、ヴェリオさんがふわふわしていて危なさそうだし、子供達も楽しみにしていたので、ひと目だけ見せてもらうことにする。

アレンとエレナがヴェリオさんの手を引いて誘導していくと、レベッカさんが微笑みながら出迎えてくれた。

「あらあら、アレンちゃんとエレナちゃんもまだ起きていたの？」

「「あかんぼう、みたくておきたの！」」

「ふふっ、こちらよ。いらっしゃい」

レベッカさんの案内で部屋に入ると、アルメリアさんと生まれたばかりの赤ん坊が、ベッドで横になっていた。

「あなた、男の子ですよ」

「ああ、凛々《りり》しい顔立ちだ。アルメリア、ありがとう。お疲れ様」

ヴェリオさんはアルメリアさんのところに行くと手を握り、赤ん坊とアルメリアさんの顔を見て微笑む。ホームドラマのような、ほっこり感動の名場面だ。

「タクミさん、アレンちゃん、エレナちゃんも来てくれたのね」

「おめでとうございます」

「「おめでとう～」」

アルメリアさんが僕達のほうを見たので、まずはお祝いの言葉を伝える。

「ありがとう。さあ、あなた達も子供の顔を見てあげて」

「はい、ありがとうございます。じゃあ、失礼して」

アルメリアさんの許可も出たので、僕はアレンとエレナを抱き上げると、ベッドに近づいて赤ん坊の顔を覗き見た。

「「ふわぁ～、かわいいねぇ～」」

「そうだね、可愛いね」

赤ん坊は寝ているので目の色はわからないが、髪の毛はヴェリオさんと同じ色のようだ。まあ、父親似でも母親似でも、イケメンに育つことだろう。

「いっぱい可愛がろうね」

「「うん！　いっぱいあそぶ！」」

少しの間、赤ん坊の顔を見せてもらった僕達は、宣言通りすぐさま自室へと引き上げたのだが……興奮したアレンとエレナがなかなか寝付かず、僕達が寝たのは空が白み始める頃だった。

「「おにーちゃん、おはよう～」」

「おはよう」

僕達はいつもより少し遅い時間に起きた。

「大丈夫か？　寝不足になってないか？」

「「だいじょうぶ！」」

不規則な睡眠時間になってしまったが、子供達は元気いっぱいのようだ。

「お腹は？」

「「へった～」」

「じゃあ、支度を済ませてご飯を食べようか」

「「うん！」」

ブレックファーストではなく、ブランチをとるために食堂へ向かうと、変な時間だったのにもかかわらずに普通に食事が提供された。

難しいようなら自分で作るか、どこかの店に食べに行こうと思っていのだけどね。ルーウェン邸の使用人さん達はさすがである。

「おはようございます」

「「おはよう～」」

食事を済ませたところで、レベッカさんから手が空いているなら来てほしいという伝言があったので、早速出向く。

「三人ともおはよう。体調は大丈夫かしら？」

「だいじょうぶ！」

「げんきだよ！」

「僕達はゆっくり寝させてもらったので大丈夫ですよ。レベッカさんも昨日は大変でしたよね？疲れは大丈夫ですか？」

「ふふっ、気にしてくれてありがとう。大丈夫よ」

まずはお互いに体調を確認してから、レベッカさんと一緒に部屋を移動する。

どうやら、改めて生まれたばかりの赤ん坊に会わせてくれるようだ。

「アルメリアさん、入るわよ」

「はい、どうぞ」

「あら、ヴェリオさんも来ていたのね」

部屋にお邪魔するとヴェリオさんもいて、にやけているいると表現していいような表情で赤ん坊の頬を突《つつ》いていた。

「アルメリアさん、体調は大丈夫ですか？」

「タクミさん、ありがとう。大丈夫よ。さあ、こちらに来て顔を見てあげて」

アルメリアさんの許可が出ると、アレンとエレナが素早く駆け寄り、ヴェリオさんと同様に赤ん坊の頬を突き始める。

「「ぷにぷに～」」

「あぁ～～～、アレン、エレナ、あまり強く突くなよ」

「「はぁ～い」」

アレンとエレナが何度も何度も赤ん坊の頬を突くので、僕は慌てて注意する。

「「おにーちゃん、かわいいの！」」

「そうだな、可愛いな」

僕も赤ん坊に触らせてもらったのだが、もちもちぷにぷにの頬だった。

「ヴェリオさん、名前は決まったんですか？」

「はい、ルカリオと名づけました」

「ルカリオくんか。良い名前ですね」

「ルカちゃん！」

生まれた男の子は、ルカリオくんと名づけられたようだ。

名前を聞いた途端、アレンとエレナは早速愛称《あいしょう》をつけて呼んでいる。

「あっ！　おめめ、あけたよー！」

「本当だ。綺麗《きれい》な青緑の瞳《ひとみ》だ」

ルカリオくんの瞳は、ヴェリオさんの若葉色の瞳とアルメリアさんの青い瞳を合わせたような色——浅葱《あさぎ》色だった。

「あ、そうだ、これはお祝いの品です」

僕は用意してあったお祝いの品を《無限収納《インベントリ》》から取り出す。

先日街で買ってきたぬいぐるみと知育玩具、ウサギの絵。あとは、質の良い毛皮など手持ちの魔物素材や保存しやすい薬草など。

それから、ルイビアの街に到着した時にお土産で渡そうとして遠慮されたルビーの原石と水晶、ついでに真珠だ。前回の失敗を踏まえて、今回はぱっと見でわからないようにしっかりと箱詰めして紛れ込ませておいた。

そのあまりの量に、ヴェリオさんがびっくりする。

「タクミくん、そんな気を遣ってくれなくてもいいんだよ」

「いいえ、僕達だってお祝いしたいんですから、受け取ってください」

「ふふっ、ヴェリオさん、受け取ってあげなさい。私達だってタクミさん達の祝事にはお祝いするのだから、逆は駄目だなんて悲しいでしょう」

「それもそうですね。タクミくん、ありがとう」

ヴェリオさんが遠慮するが、レベッカさんの後押しのおかげで受け取ってもらえることになった。

レベッカさんの言う通り、アレンとエレナの誕生日など、僕達のことを祝ってくれるのに逆は駄目って言われたら本当に悲しいもんな。

「でもね、タクミさん、その木箱の中身は何かしら？」

レベッカさんの鋭い視線に、僕は思わずそっと目を逸らした。

箱の中身に気づかれた？　おかしいな～、中身がわからないように箱に入れたのに……。

「母上、木箱ってこれですか？　――なっ！」

ヴェリオさんがすぐさまレベッカさんが指摘した箱を手に取り、蓋《ふた》を開けて驚きの声を上げる。

「やっぱりね。もぉ～、タクミさん、これは駄目だって言ったでしょう」

「お祝い事の贈りものならいいかな～と思いまして」

「そうね。そう言っていたから、すぐに気がついたわ」

気づかれた原因は、お土産として駄目出しをされた時、アレンとエレナと次の機会についてレベッカさんの前で話し合ったことだな。

「タクミくん！」

ちょっと怒り気味のヴェリオさんが、持っている木箱をずいっと差し出してきた。

すかさず僕も言葉を返す。

「返却不可で！」

「そんなことは駄目に決まっているでしょう！」

「えぇ～、どうしてもですかぁ～」

「どうしてもです！　さあ、素直に回収してください！」

いつも温和なヴェリオさんが、目を吊り上げている。

……これは回収したほうがいいのかな？　仕方がないので、木箱は回収して《無限収納《インベントリ》》にしまってしまう。

「……はあ。僕が死蔵しているより、レベッカさんやアルメリアさんが使ったほうがよっぽど良いと思うんだけどな～」

次は、ヴァルト様の結婚祝いが狙い目かな？

「ふふっ、タクミさんが考えていることは、わかりやすいわねぇ～」

「えっ？」

「今、ヴァルトさんの結婚祝いの贈りものについて考えなかったかしら？」

「えぇ⁉」

レベッカさんに思っていたことをずばりと言い当てられる。

「そ、そんなに顔に出ていましたか？」

僕は思わず自分の顔に触れる。

「ふふっ、どうかしらね〜」

「……」

レベッカさんはにっこりと微笑みながら、答えを濁した。

何故か、この人には逆らってはいけないという感情が湧《わ》いてくる。

「ところで……結婚祝いは駄目ですか？」

「そうねぇ。もう少し控えめなら、いいんじゃないかしら？」

「……控えめ？」

果たして、控えめとはどの程度のことだろうか？

「紅玉や真珠は駄目。水晶をいくつかってところね」

水晶だけか〜。ルビーはともかく、真珠の在庫は減らせないということか〜。

じゃあ、水晶だけでも在庫をたっぷり——

「タクミさん、せいぜい二、三個でお願いね」

「……」

減らそうとしたけれど、考えを読まれたかのように先に釘《くぎ》を刺されてしまった。

本当に、レベッカさんには考えがお見通しのようだ。

「おにーちゃん、どうしたの？」

がっくり項垂れていると、アレンとエレナが頭を撫でてくれた。

「……アレン、エレナ、やっぱりルビーは貰ってくれないって」

「ルビー？」

「赤いキラキラの石だよ」

「そっか～。ざんねん」

「残念」と言ってはいるが、アレンとエレナの表情はあまり残念そうではなかった。まあ、子供達にはどっちでも良いのだろう。

「ルカちゃ～ん」

今のアレンとエレナが興味があるのは、ルカリオくん一択だな。

閑話　争奪戦

僕、風神シルフィリールの執務室に、創造神マリアノーラ様、火神サラマンティール、土神ノームードルが集合して、全員で机の上のものに注目していた。

「まあ！　まああああ！」

何を見ているのかというと、巧さんが送ってくれた肉まんだ。マリアノーラ様は、満面の笑みになる。

「これ、種類が全部違うんだよな？」

「凄いですね」

サラマンティールとノームードルも肉まんに興味津々のようだ。

「えっと……これが肉まんでショーユ味とミソ味ですね。で、こっちが海鮮まんとピザまんで、黄色いのがカレーまん。こっちが甘いので餡まん、クリームまん、そして、チョコまんですね」

肉まん――マリアノーラ様曰《いわ》く中華まんと言うみたいなんだけど、それを図々しく八種類お願いしたのにもかかわらず、巧さんはしっかり全種類を送ってくれたのだ！

巧さんは本当に優しいな～。

「シル、冷めないうちにいただきましょう」

「そうですね。飲みものはどうしますか？　紅茶でいいですか？」

「それなら良いお茶があるわ！」

僕の問いかけに、マリアノーラ様が嬉々《きき》として茶色の液体が入った透明なボトルを出してくださった。

咄嗟に受け取ったのだけど……ボトルは不思議な感触だ。

「烏龍茶《ウーロンちゃ》というお茶よ」

「うーろん茶ですか？　それにしても変わった容器ですね？　ガラスじゃなさそうですし……」

「ペットボトルと言うものらしいわ」

「聞いたことないですね。あ、もしかして、これは巧さんがいた世界のものですか？」

「そうよ。いただいたものなの。きっと紅茶よりもいいと思うわ」

巧さんが転生する前の世界、地球のお茶のようだ。マリアノーラ様がどうやって手に入れたかは知らないけど、深く考えないようにしよう。

「オレはミルクが欲しい！」

巧さんは肉まんを全種類五個ずつ送ってくれたので、とりあえず一個ずつ取り分け、サラマンティールにはミルク、他はうーろん茶というお茶を用意した。

「じゃあ、いただきましょうか」

「そうですね」

マリアノーラ様の合図で、各々が好きな肉まんを手に取って頬張る。

僕が最初に選んだものは、肉まんのショーユ味。たぶんだけど、八種類の中で一番定番だと思われるもの。

「はぁ～、美味しいわね～」

「はい、美味しいです！　巧さん、凄いです！」

「タクミの作るものはどれも美味しいな」

「今までは甘味ばかりでしたが、こういうものは良いですね」

一つ食べた感想だけど……とにかく美味しかった！

とても美味しくって、他のものの味はどうなのだろう……と、次々と食べてしまって、八個もあったのに、あっという間に完食してしまったほどだ。

「ねぇ、肉まんって、もう一個ずつあるわよね？」

「え？　あ、はい、そうですね」

僕と同様に八個の肉まんを食べたマリアノーラ様が、一個ずつ残っている肉まんを見つめている。

「巧さんは全種類五個ずつくれましたからね……って⁉　マリアノーラ様、もしかして、まだ食べるんですかっ⁉」

「いやね～、さすがに今はもう食べないわよ。おやつ用に取っておくのよ」

何となく予想していたけど、マリアノーラ様は残っている肉まんを欲しているようだ。

「ちょっと待ってください！　マリアノーラ様、オレも欲しいです！」

「私もです」

「それなら僕も欲しいです！　ここは平等に二個ずつにしましょう！」

すると、マリアノーラ様に続き、サラマンティールとノームードルも欲しいと主張するので、慌てて僕も主張し、喧嘩《けんか》になる前に案を出す。

僕達は四人で肉まんは八個。ぴったり割り切れる数なので、これなら喧嘩にならないだろう。

「全部欲しいのだけど……まあ、仕方がないわね。それでいいわ〜」

僕の案にマリアノーラ様が同意してくれたので、サラマンティールとノームードルも納得して頷いている。

「二個ずつなら、わたくしはクリームまんとチョコレートまんがいいわ〜」

「オレはカレーまんと……肉まんのどっちかがいいな！」

「私は海鮮まんとピザまんがいいですね」

「じゃあ、僕は餡まんと肉まんのショーユ味がいいんで、サラマンティールが肉まんのミソ味でいいですか？」

「おう、いいぞ！」

それぞれが欲しい種類を言い合うと、上手い具合に違うものだったのですんなり分け合うことができた。

「ふふっ、後での楽しみがあるのは嬉しいわね～。それにしても、タクミさんは本当に素晴らしい働きをするわね。わたくしの眷属にしておけば良かったわ～」

「え、駄目ですよ。巧さんは僕の眷属です！」

マリアノーラ様が冗談なのかそうでないのか微妙なことを口にするので、僕は慌てる。

「あら、いやだ。取らないわよ～」

マリアノーラ様の言葉は冗談だったんですね。良かった～。

マリアノーラ様が本気で自分の眷属にするっておっしゃったら、僕は拒否できないからね。本当に良かった。

「でも、タクミはオレらの仕事も手伝ってくれている感じだよな～」

「そうですね。孤児院では教育を発展させたみたいですし、料理は相変わらず目新しいものを作っていますし、見向きもされなかった生物や植物を食材として扱って広めてくれたり……いろいろなことをしてくれていますよね」

ノームードルが言うように、巧さんはいろんな分野で活躍してくれているんだよね。

「……」

それなのに！　どうして僕の『風』にだけあまり関わってくれないの‼　巧さんは僕の眷属なのにぃ～～～。

「シルフィリール、風の領分は難しいものが多いから仕方がないわよ」

「そうだぜ。大丈夫だ、これからだって！」

「そうですね。ほら、タクミさんならそのうち魔法陣に興味を持ってもらえますよ。シルフィリールだって、それを狙っているのでしょう？」

僕の心の嘆きが聞こえたのか、三人が慰めるように言葉を掛けてくれるけど……今のところ進展の兆《きざ》しはないんだよね～。

「魔法陣は今のところ、シルフィリールのところへ転移するものしか知らないのでしょう？　比べようがないのがいけないのではないかしら？　さすがに迷宮の転移の魔道具を解体とかはできないのだしね」

「確かにそうですね」

「そうでしょう？　だから、わたくしのところへ転移する魔法陣もタクミさんに渡しましょう。そうすれば、どの部分が宛先なのかがわかるでしょう？」

「なるほど。……って、マリアノーラ様！　今、もっともらしいことを言って、巧さんと直通の手段を確保しようとしたんじゃないですかっ⁉」

「あら、わかっちゃった？」

「わかりますよ～」

巧さんは僕の眷属なので、よっぽどのことがない限り僕を通してでしか交流できない。

だが、僕が巧さんにマリアノーラ様宛の転移の魔法陣を渡せば、少なくとも巧さんからマリアノーラ様へ直通ルートができるのだ。

「良い考えだな！　オレのもよろしく！」

「そうですね。シルフィリール、私宛の魔法陣もタクミさんに渡してください」

「えぇ⁉」

何を思ったのか、サラマンティールとノームードルも話に乗ってきた。

「ちょっと待ってよ。二人からは僕を通してでしか連絡できないんだから、巧さんが魔法陣を持っていたって仕方がないよね⁉」

あくまでも、巧さんからの一方通行の魔法陣なのだからね。

「タクミがオレに連絡を取りたいことがあるかもしれないだろう？」

「そうですね。念のためというやつです」

巧さんがサラマンティールやノームードルに連絡？　二人に連絡する前に僕に相談してくれるに決まっているじゃないか！

というか、それは建前だよね！　明らかに二人は、直通ルートがあれば巧さんがもっと食べものを送ってくれるんじゃないかな〜という思惑《おもわく》しかないよね⁉

「も〜、巧さんには良くしてもらっているんですから、これ以上は駄目ですよ！」

「あら、わたくしは見返りも考えているわよ？」

「え？」

「そろそろ、わたくしの属性の契約獣も送ろうかしら～と思っているのよね。光と闇《やみ》が使える子もいたほうが便利でしょう？」

「それは……」

そんなことはない、と言い切れないことがマリアノーラ様から提示されてしまった。

回復魔法が使える光属性の子や隠密行動が得意な闇属性の子がいれば、巧さんの助けになることは間違いないだろう。

「ただただ、わたくし達宛の魔法陣を渡すだけならタクミさんの負担にはならないわよね」

「……はい、そうですね」

魔法陣自体は巧さんから行動しなければ、ただ持っているだけですしね。

「なら、一考する価値はない？」

「……」

これはどうしたらいいんでしょうか？　い、今すぐ結論を出さないと駄目ですかね？　えっと、えっと……どうしよう～～～。巧さん、どうしたらいい⁉

第四章　謎《なぞ》の島へ行こう。

時間があればルカリオくんのところを訪れて眺めていたアレンとエレナだが、元来、引きこもりではない二人には、三日が限界だった。

「きょうは！」

「おでかけ！」

「「しよう！」」

「は、はい」

アレンとエレナは、目覚めと同時にベッドの上を這《は》うように寄ってきて要求……というより、宣言した。

というわけで、僕達は朝早かったこともあって、港の朝市に出かけることにした。

「「おさかな〜」」

「新鮮なものがいっぱいだな」

港なのだから、見るべきものは魚介だよな。せっかくなので見たことがなかったり、持っていなかったりするものを探そうと思っている。

「ホタテはっけ～ん」

「アカエビもはっけ～ん」

「あ、アカウオもあるね～」

「クロウオもあるよ～」

アレンとエレナは、店先の品々を見ながら自分達が知っている魚介の名前をあげていく。

「おっ、坊主と嬢ちゃんは物知りだな」

次々と名前をあげていく子供達に、魚介を売っていた店主が感心しながら話し掛けてくる。

「たべたことあるもん！」

「いやいや、食べたことがあっても二人くらいの子は、何て名前かは知らないもんだぞ」

「「そうなの？」」

「そうだぞ！　よし、物知りな子達には値引きしようじゃないか！」

「「やったー！　おにーちゃん、やすくしてくれるって！」」

「ははっ、良かったな～」

「「うん！」」

アレンとエレナの知識のお蔭《かげ》で、店主のほうからサービスを申し出てくれた。

「じゃあ、せっかくだから何か買おうか。どれがいい？」

「「んとね～……ぜんぶ！」」

「「ん？」」

子供達の言葉に、僕と店主の疑問の声が重なった。

えっと……聞き間違いではないよな？

「アレン、エレナ、全部って言ったか？」

「「うん、ぜんぶかおう！」」

聞き間違いではなかったな。

えっと……店先にはホタテ以外にもアサリやハマグリなどの貝類、エビはアカ、シロの他にオニエビ、それにいろんな魚が並んでいる。それを全部？

「「だめー？」」

「たべたことないの～」

「いっぱいある～」

「確かにそうなんだけどさ～。その食べたことないものだけでよくない？」

「「ぜんぶがいい！」」

「えぇ～」

以前訪れた他の港街、ベイリーで仕入れた魚は、色鮮やかだったり毒々しい色だったり……不思議な魚が多かった。もちろん、鮭《さけ》っぽいものやマグロなど馴染《なじ》みのある魚も買ったけどね！

で、つい最近、ルイビアの海で漁をした時は、タコがメインであとは海藻《かいそう》、魚はアジやサバ、サンマなど青魚が多かった。

その点、この店で売っている魚は、タイやカレイ、タラなど白身の魚が多く、さらには子供達と同じくらいの大きさのブリまで売っている。

「坊主に嬢ちゃん、俺としては売れるのは嬉しいことだが、魚は悪くなるのが早い。だから、すぐに食べない分を買うのはお勧めしないぞ」

「「だいじょうぶ！」」

「何だ何だ、随分と自信満々だな。大人数での食事会でもあるのかい？」

「「ちがーう。でも、だいじょうぶ！」」

「……お、おう？」

店主は親切心で子供達を止めようとするが、アレンとエレナが自信満々に胸を張る。すると、店主は戸惑ったように僕のほうを見てくる。

「何だかよくわからないが、兄ちゃん、どうするんだい？」

「ん～、そうですね。店に支障がないのなら買うことはできますね。大量消費の当ても保管方法の当てもありますから」

正直、僕としては全部購入するのは問題ない。金銭は余裕があるし、《無限収納《インベントリ》》もあるからね。

「お、それならこっちとしては助かる。もちろん、安くするから買ってくれ！　ここ数日、豊漁過ぎて、売れ残る日もあるくらいだったからな！」

僕の言葉に店主は全力で喜ぶ。

店は困らないということなので、僕は店の魚介を全部購入することにし、購入したものは次々とマジックバッグに入れるように見せかけつつ《無限収納《インベントリ》》に収めた。

「兄ちゃん、兄ちゃん！　安くするからこっちのもどうだい？」

「こっちもだ！　良いものがあるよ！」

「俺んとこのも見てよ」

すると、僕が豪気に魚介を購入するのを見ていた近隣の店が、競って声を掛けてきた。

どうやら、さっきの店主の豊漁という言葉は本当だったようで、どの店も〝買い占め大歓迎！〟という感じのようだ。

かなり安くしてくれることもあって、僕は流されるままに爆買いしてしまったのだった。

ひと通り買い物を終えたところで、アレンとエレナはほくほくした顔になっていた。

「『いっぱいかったねぇ～』」

「本当にな。こんなに買う予定はなかったんだが、雰囲気に負けたな～」

魚が腐る心配はないが、買い過ぎた感はある。

「アレン、おさかなもすきだよ」

「エレナもおさかないっぱいたべるよ」

「料理を作るのも手伝ってくれるなら、いっぱい作るよ」

「「うん、てつだう！」」

とは言ったものの、魚料理のレパートリーはそんなにないんだよな～。

とりあえず、新鮮な魚ばかりだから塩焼きからいこうか。

「あとは、ルーウェン家にもお裾分けしようか」

「「うん！　ルカちゃんにたべてもらう！」」

「いやいやいや、ルカリオくんはまだ食べられないからな！」

「「えぇ～、おいしいのに～？」」

「不満そうな顔をしてもこればっかりは駄目だよ。ルカリオくんのご飯はしばらくミルクだよ」

「「……むぅ」」

注意はしても、アレンとエレナは納得していない顔をしていた。

「赤ん坊は歯がないんだからアレンとエレナと同じものは食べられないの。喉に詰まらせたり、身体を壊しちゃったりして大変なことになるから、絶対に食べものはあげちゃ駄目だからね！」

勝手におやつとかをあげたりしないように、ここは強めに注意しておく。

「ルカリオくんのためだから約束ね。わかった？」

「「わかった！」」

今度はしっかりと返事をしたので大丈夫だろう。

買いものはもうする予定はないが、港をぶらぶらしていると面白そうな話が聞こえてきた。

「動く島だって？」

「ああ、今朝、漁師達が見たらしいぞ。何でも沖合で、南から北に向かって移動していたんだってさ」

「そりゃあ、凄いな」

「誰かその島に行ってみたのか？」

「いや、それが、動くせいで変な海流が起こって近づけないんだってよ」

「そうなのか？　残念だな～」

動く島か～、凄くファンタジーって感じだな～。

ちょっと……いや、かなり気になる話題である。

「「おにーちゃん、おにーちゃん」」

「どうした？」

「「うごくしま！」」

「アレンとエレナも気になるか？」

「「うん、いきたい！」」

「だよね」

アレンとエレナがワクワクした表情で見上げてくる。

子供達も気になっているようだし、行ってみるかな？　僕達なら島に行くことはできそうだ。
方法としては――
一、人魚の腕輪を着けて泳いでいく。
二、フィートに乗って空を飛んでいく。
三、風魔法を使って自力で飛んでいく。
ぱっと思いつく限りはこんなところかな？

でも、島の動く速度がわからないから、一番目は保留。海流もおかしいって話だしな。三番目の風魔法で飛ぶのも、やれそうな気がするだけで、実際にはやったことはないので却下かな。確実なのは二番目のフィートに頼むのかな？

三人纏《まと》めて一匹の背に乗ったことはまだないけれど……どうだろう？

「とりあえず、人のいない海岸へ移動するよ」

「「わかったー」」

考えても仕方がないので本人に確認するのが早いだろうと思い、人目のないところに移動することにした。

◇　◇　◇

《あら、兄様、今回は私だけなのね？》
海岸に移動して、すぐにフィートだけを呼び出すと、首を傾げられる。
「うん、まずフィートに確認したかったんだ」
《あら、何かしら？》
「フィートは僕達三人を乗せて飛ぶのは辛いかな？」
《三人って……兄様とアレンちゃんとエレナちゃんよね？　まだアレンちゃんとエレナちゃんが小さいから大丈夫よ》
良かった、大丈夫なようだ。
「「やったー！」」
フィートの返事を聞いて、子供達も喜びを露《あら》わにする。
《あらあら、喜んでもらえてよかったわ。だけど、いったいどうしたの？》
「いや～、今さっき港のほうで動く島を見たっていう話を聞いてね」
《ふふっ、わかったわ。その島に行ってみたいのね》
「そうなんだ。正確な場所はわからないから、探さないといけないんだけど……大丈夫かな？」
《大丈夫よ。でもそうねぇ、ボルトの力も借りましょうか》
「それもそうだね」
空を飛ぶ魔物と遭遇しないとも限らない。魔法で迎撃はできるが、自由に動ける戦力がいたほうがいいだろう。それに、先行して偵察《ていさつ》してもらうこともできるしな。
というわけで、すぐにボルトを呼ぶ。
《動く島ですか！　それはおもしろそうですね》
ボルトに事情を説明している間にフィートは大きい姿になり、既に子供達を乗せて待機していた。準備万端である。
「「おにーちゃん、はやく～」」
「はいはい。じゃあ、フィート、ボルト、お願いな」
《ええ、行きましょう》
《了解です》
僕もフィートに乗り、早速動く島が進んだという方角に向かう。
「気持ちいいな～」
「「うん！　きもちいい！」」
空を飛ぶのは解放感があって、とても気持ち良かった。
《ふふっ、楽しんでもらえて嬉しいわ》
そういえば、フィートに乗って走ってもらったことはあるが、こうやって空を飛んだことはそんなになかったんだよな～。まあ、ジュールやベクトルが並走するのに、あまり離れるわけにはいかなかったからな。

「うみ、ひろいね～」

「うみ、きれいね～」

「そうだね。上から見る海は、泳ぐのとはまた違って見えるよな～」

「「うん、ぜんぜんちがう！」」

上空に行くと、天気がとても良いからか海がとても青く輝いて見えた。

《ふふっ、空の散歩もいいものでしょう》

「「とってもいいー！」」

それからしばらく僕達は、空の散歩を楽しんだ。

《兄上、ぼく、そろそろ周辺を見てきますね》

「うん、お願いしてもいいかな？」

《はい、任せてください！》

「「ボルト、いってらっしゃ～い」」

《行ってきまーす》

ひとしきり空の光景を楽しんで僕達の気持ちが落ち着いた頃、ボルトが島を探しに行ってくれる。

「うごくしま」

「みつかるかなー？」

「見つかるといいね」

そんな僕達の心配など無用だというように、すぐにボルトが戻ってきた。
《兄上、見つけましたよ。動く島を！》
「えぇ、もう!?　え、本当か？」
《はい、間違いありません》
得意げに言うボルト。
「「おぉ～！」」
「このままの進行方向で大丈夫そうか？」
《はい、もう少しで視界に入ると思います》
「そうか、ありがとう」
動く島は本当にあったようだ。とりあえず、無駄足《むだあし》にならなそうで良かったよ。
「フィート、もう少し頑張ってな」
《ふふっ、大丈夫よ》
ボルトが言った通り、すぐに動く島が見えてきた。
《兄様、あれね》
「本当だ。確かに動いているな」
「「すごーい！　うごいてるー！」」
大きな船の数倍くらいの大きさだが、確かに移動していた。

「ん？　カメ⁉」

「「んにゅ？」」

何気なく【鑑定】を使うと、それは島じゃなくて、アスピロケドンというSランクのカメの魔物であることがわかった。

だが、甲羅《こうら》の部分は全体が緑に覆われていて、背は低いようだが木まで生えているのだから、やはり島にしか見えないけどね。

《兄様、どうかしたの？》

「あの島、島じゃなくて魔物だったみたいだ」

「「まもの⁉」」

《えぇ、そうなの⁉》

《兄上、本当ですか⁉》

島じゃないと聞いて、みんなも驚く。

「うん、アスピロケドンだって」

「「アスピ……？」」

「アスピロケドン。カメだな」

《あら、あれがアスピロケドンなのね？》

《ぼく、初めて見ました》

だが、魔物の正体を聞いて、フィートとボルトは納得したようだ。
二匹とも知っていたのかな？
《アスピロケドンは大人しい魔物だと聞いているわ》
《そうですね。ただただ海を漂っているだけと聞きます》
「そうなんだ。でも、魔物だったら背中に上陸？　するのはまずいよな？」
「「しま、いけないのー？」」
大人しい魔物とはいえ、背に乗るのは危険だよな？
《あら、大丈夫じゃないかしら？》
《そうですね、何か起きた場合はすぐに上空に避難すればいいだけですしね》
「「じゃあ、いっていい？」」
フィートとボルトが頷くので、僕達は慎重にアスピロケドンの甲羅へと降り立った。

着陸すると同時に、僕はジュール、ベクトル、マイルを呼び出し、すぐさま事情を説明した。
《ふむふむ。じゃあ、ここはアスピロケドンの背中なんだね？》
《普通に森とか草原にいるみたいなの！》
《おぉー、凄い！》
ジュール、ベクトル、マイルは、自分達がいる場所を確認するためか、前足で地面をてしてしと叩《たた》いて確かめている。

「いいかい？　大人しい魔物とはいえ、無暗に刺激は与えないようにね」

「「《《《《はい！》》》》」」

「そして、いつでも逃げられるように固まって行動するからね」

「「《《《《はい！》》》》」」

注意事項を述べていくと、みんなはハキハキと返事をする。

「特にベクトル！　今回は勝手に遠くに行かないようにな！」

《えぇ～～～》

「置いてかれても知らないぞ？」

《っ！　わかった！　だから、絶対に置いていかないで》

勝手なことをしがちなベクトルだけは、念入りに忠告しておく。

「よし、じゃあ、探検開始だ！」

「「《《《《おー！》》》》」」

僕達は動く島改め、アスピロケドンの背の探索を、意気揚々《いきようよう》と始めた。

「「ねちゃねちゃ～」」

《地面がドロドロだね～》

《こっちはつるつる～》

アスピロケドンの背はコケで覆われていたり、泥でぬかるんでいたりして、かなり歩きづらい。
だが、アレンとエレナ、ジュール、ベクトルは歩き回って感触を楽しんでいる。
《見たことない植物が多いわね～》
《海水で育った植物だからですかね？》
《なるほどなの！　それっぽいの！》
フィート、ボルト、マイルは冷静に生えている植物を観察している。確かに、森で見る植物とは少し変わったものが多い。
「ん～……あ、凄い薬草があるね」
周りの植物を順番に【鑑定】で確認していくと、クリスタルエルクの角並みに凄い薬草があることに気がついた。
《あら、兄様、それは本当？》
「うん、陽炎草《かげろうそう》っていう薬草。幻《まぼろし》の薬草って事典に載《の》っていたやつだな」
見た目も生態も曖昧《あいまい》で、伝承とかで伝わっているものって事典には書かれていたな。ただし、薬草の名前と何の病気に効くかははっきりと書かれていた。
陽の光に当たれない病気、たぶん日光アレルギーの重度のやつだと思うんだけど、それの薬になるそうだ。
《幻！　それは貴重なの！》

《そうですね。頑張ってたくさん採取しないといけませんね！》
《兄様、どの薬草がそうなの？》
「ん？　あれだよ、赤みがかった葉っぱのやつだね」
偶然アスピロケドンの背に生えていたのか、アスピロケドンの背にしか生えないのかわからないが、稀少なものであるのは間違いないだろう。まあ、ここには結構な量が生えているけどね。
「「おにーちゃん、これー？」」
「うん、そうだよ」
薬草と聞いて、遊んでいたはずの子供達もいつの間にか陽炎草を観察していた。
《これだね。よし、アレン、エレナ、いっぱい採るよ！》
「「おー！」」
子供達が嬉々として陽炎草の採取を始めたので、僕も採取しようとして……そこでふと思った。
「……根ごと持って帰れば、育てられるかな？」
もし、陽炎草が幻と言われている理由がアスピロケドンの背に生えていて見つけづらいからであれば、陸地で増やせないかとね！
《そうね～、特殊な生態みたいだから簡単ではないとは思うけれど……可能性はあるんじゃないかしら？》
《兄上、マーシェリーさんならどうでしょうか？　あの人なら育てられるんじゃないですか？》

「ああ、確かにマーシェリーさんならできそうだね」

僕の呟きに、フィートとボルトも栽培について意見を言ってくれる。しかも、ボルトの意見はもっともなものだった。

彼女なら、どんな薬草も育てられそうだしな。まあ、陽炎草に関しては、わからないけどね。

「いくつか株《かぶ》ごと採っておいて、駄目もとで渡してみようか」

薬草として使うには根はいらないようだが、栽培用に根ごと採取する。栽培できるようになれば、今後、陽炎草は幻の薬草ではなくなるからな。

《それがいいと思うわ。薬草は稀少じゃないほうがいいものね》

《そうですね。たくさん手に入るほうがいいに決まっています！》

フィートとボルトは僕の考えがわかるのか、賛成するように一緒に土を掘り始める。

《タクミ兄、どうせなら土ごとのほうがいいと思うの！》

「そうだな。そのほうがいいか」

マイルの言う通り、周りの土もあったほうがいいかもな。植物は土の成分とかで状態が変わる場合もあるっていうし。

「えっと、植木鉢はさすがにないから……」

僕は《無限収納《インベントリ》》にあった小さめの壺《つぼ》に土を入れてから、掘り出した陽炎草を植え直した。

《兄ちゃん、兄ちゃん！》

「ん？　ベクトル、何だ？」

《《無限収納《インベントリ》》って生きたものは入れられないんだよね？　植物は大丈夫なの？》

「え？　あ、そうか。どうだろう？」

ベクトルの指摘に、僕は植え替えたばかりの陽炎草を《無限収納《インベントリ》》に入れてみた。

「あ、入った」

すると、無事に収めることができた。

《あら、良かったね》

「そうだね」

いくつか壺に移し替えた頃には、子供達は採取し終わっていた。

「おぉ～、いっぱい採ったな～」

「「がんばった！」」

「ありがとう」

陽炎草を受け取ると、子供達はさらに萌黄色《もえぎいろ》の草を差し出してくる。

「「ねぇねぇ、これもやくそうだよね？」」

「うわっ、霊亀草《れいきそう》だ。また稀少なものを……というか、よく見つけたな～」

「「やったー」」

二人の手にあったものは、霊亀草。それもまた幻の薬草で、浄化作用のあるものである。

陽炎草はいっぱい生えていたので【鑑定】で見つかったが、霊亀草は僕も気づいていなかった。

それにアレンとエレナは気づいたのだ。

「何でこれが薬草だってわかったんだ？」

「「なんとなくー？」」

「え、それだけ？」

「「うん、それだけ～」」

勘ということだな。まあ、いつも通りだ。

「霊亀草も稀少だから、もうちょっと探そうか。まだあるかな？」

「「んとね～。あ、あそこ、あそこ！」」

アレンとエレナはあっさりと、もう一株見つける。

「……さすがだね。じゃあ、これも根ごと確保しようか」

「「わかったー」」

アレンとエレナは自分の鞄《かばん》からスコップを取り出すと、素早く霊亀草の根を掘り始める。

「「おにーちゃーん」」

「いれもの」

「ちょーだい」

「はいはい、これにお願いな」

「『りょうかーい！』」

アレンとエレナは手際よく霊亀草を壺に植え替えてくれる。陽炎草を採取しつつも、しっかりと僕のやっていたことを見ていたのだろう。本当に学習能力の高い子達だ。

「これもマーシェリーさんに渡そう」

駄目でもともと、栽培できれば儲《もう》けもの……ってね。

霊亀草を《無限収納《インベントリ》》に入れ、子供達を撫でる。

「さて……」

「『たんけん、さいか～い！』」

「――の前に、お昼ご飯かな」

「『おぉ～、ごは～ん！』」

子供達は探検を再開させようとしていたが、僕はそれを止めてご飯にしようと言う。

するとアレンとエレナ、それにジュールとベクトルも目をキラキラさせていた。

「お昼ご飯は何にする？」

「『おさかなー！』」

「ああ、今日いっぱい買ったもんな」

「『うん！』」

「みんなも魚料理でいい？」

《《《《うん！》》》》

ジュール達にも聞いてみたが、反対の子はいなかった。なので、お昼ご飯は魚……海鮮づくしにしようと思う。さて、何にしようかな～？

「ん～……あ、刺身にするかな」

「さしみー？」

「なまのやつー？」

「そうそう、それ。嫌かい？」

「「ううん、いやじゃない！」」

「そう？　それなら刺身にするね」

「「うん！」」

ワサビは持ってないが、まあ、新鮮なので問題ないだろう。

あとは……貝たっぷりの炊き込みご飯、蒸《む》したタラに野菜たっぷりの甘酢あんかけ、ワカメのミソ汁でいいかな？

「「おてつだいはー？」」

「ん？　あ～、今日は大丈夫かな。だから、休憩していて」

「「じゃあ、やくそうさがしてるー」」

献立的に、捏ねたり混ぜたりするものがほとんどないので、子供達の申し出を断る。

すると何故か二人は、薬草探しをすると言い始めた。……仕事中毒か？

「休憩は？」

「「つかれてなーい！」」

「疲れてなくても休んだほうがいいよ」

「「お休みはごはんのときー」」

「……」

休憩はご飯の時に取るので、今はいらないということらしい。

「……僕の目の届く範囲にいるんだよ」

「「わかったー」」

僕が許可を出すと、子供達はすぐさまジュール達を連れて薬草探しに行った。

「……元気だな～」

そういえば、うちの子達が疲れているところを見たことがない。それは悪いことではないのだが、限界を知らないということでもある。

一度、耐久マラソンでもしてみるべきか……と思ったが、嫌な予感がしたので止めておくことにした。だって〝一日中走っても元気〟ってことになりかねないからな！

子供達を早く休憩させるために、急いでご飯を作って呼び戻すと、大量の陽炎草と数株の霊亀草を根ごと採取してきた。

さらにさらに、「『これ、じてんにのってたー』」とミドリイトゴケも採取してきた。ミドリイトゴケは止血剤の材料になるものだ。

「おぉ～、凄いね。名前も覚えている？」

「『ミドリイトゴケー』」

「正解！　よくできました」

「『えへへ～』」

子供達は見た目だけ覚えていたのではなく、名前も完璧《かんぺき》である。

《お兄ちゃん、ボクもいっぱい採ってきたよ！》

《オレも！　オレも頑張った！》

「うんうん、ありがとうな」

いかにも〝褒めて〟という感じのジュールとベクトルを褒めながら撫で、続けてフィート、ボルト、マイルも撫でる。

「『おにーちゃん、おにーちゃん』」

「ん？　どうした？」

「『おなかへった～。ごはんは～？』」

「できてるよ。ご飯にしようか」

「『うん！』」

子供達に《ウォッシング》をかけて汚れを綺麗にして、作った食事を並べていく。

「「おいしそう～」」

「いっぱい食べな」

「「《《《《いただきまーす！》》》》」」

子供達は元気よく挨拶して、勢いよく食べ始める。

そして最初にひと言「「《《《《美味しい》》》》」」と口にすると、それ以降は黙々《もくもく》と食べていた。

「おーい。いっぱい食べるのはいいけど、早食いは駄目だよ。ちゃんと噛《か》みなさい」

「「《《《《ふぁ～ぃ》》》》」」

注意すると、食べる速さが少しだけゆっくりになった。

結局、子供達は食べ終わるまで黙々《もくもく》と食べ進めていた。

食事が終わって理由を聞いてみると、〝最初に話をした人が負け〟という遊びをしていたようだ。

だが、僕が話し掛けた時は、ちゃんと返事をしていたよな？

そう思ってそのことを指摘すると、僕との会話だけは無効だったらしい。

まあ、話し掛けて無視されたら悲しいからその条件は嬉しいけれど、そういう遊びをすると最初に教えておいてほしかったな～。

食後の休憩を十分に取ってから探検を再開すると、突然地面が大きく揺れた。

「おっと！」

「「わぁ！」」

少しだけ驚いたが、転んで泥だらけになる事態は避けられた。

だが、これは……？

「アスピロケドンに動きがあったみたいだな。――ボルト、ちょっと上から見てきてくれる？」

《はい、わかりました》

さっき確認した時のアスピロケドンの進行は漂うようにゆったりしたものだったが、揺れの具合からして急に動き出したのかもしれない。

何かあればジュール達を影に戻し、僕と子供達はすぐにフィートに乗って脱出できるように、みんなを近くに集めた。

しばらく待つと、ボルトが急いで戻ってきた。

《兄上ー》

「ボルト、お帰り」

《兄上、わかりましたよ。アスピロケドンの正面にクラーケンがいますね》

「え、クラーケン？」

どうやら、アスピロケドンとクラーケンがかち合ってしまったようだ。

クラーケンはアスピロケドンと同様のSランク。

これはあれか？　怪獣大戦争勃発《ぼっぱつ》か⁉
「戦闘になりそうか？」
《いえ、今すぐどうこうっていう感じではありませんでしたね》
今はまだ睨《にら》み合《あ》いってところかな？
《お兄ちゃん、クラーケンってあれだよね？　グネグネしているやつ》
「前に戦ったことがあるのはリトルクラーケンだから、きっとあれより大きいやつだな」
《え？　戦ったことある？　オレ、覚えてなーい》
《ぼくも覚えていません》
「ん？　あ、そういえば、リトルクラーケンと戦った時は、ジュールとフィートだけだったか？」
《えっと、『細波《さざなみ》の迷宮』だったわよね？　そういえばそうだったわね～》
《えぇ～、ずるいよ》
《わたしはみんなと出会う前なの。残念なの》
ジュールとフィートは当時のことを思い出すように話し、ベクトルとボルトは首を傾げ、マイルは少しだけしょんぼりしている。
リトルクラーケンと戦った『細波の迷宮』は、水が多い迷宮だった。そのため、雷魔法を使うボルトは危険と判断して、そしてベクトルとは出会ったばかりで戦闘能力が把握できていなかったので呼び出さなかったはずだ。そして、マイルは王都に行った時に僕の契約獣になったので、まだ出会っていなかったんだよな。
そんなことを思い出しながら、避難することも視野に入れてどうするか子供達に聞いてみる。
「さて、どうしようか？」
「「みたーい！」」
アレンとエレナはしっかりと手を挙げて、見たいと言った。
すると、ジュール達も子供達の意見に賛成する。
《そうだね。とりあえず、どんな感じか見に行こうよ》
《オレも見たーい！》
《わたしも見たいの！》
《見るだけなら大丈夫じゃないですか？》
《そうね～。危ないようならすぐに私に乗って飛べばいいのだし、見に行くのは大丈夫じゃないかしら？》
「それもそうだね。じゃあ、行ってみるか」
僕達はどのような状況なのか確かめるために、アスピロケドンの頭のほうに向かった。
《あ、見えてきたよ～》
しばらく歩くと、先頭を歩くジュールが何かを見つけたようだ。
「「どこどこ？」」

《ほら、あそこだよ。あそこ》
「「いた！」」
ジュールが指し示す方向では、巨大なイカの足が海から出たり入ったりしていた。
「ん～、クラーケンの全体像が見えないし、遠目だからどのくらい大きいのかよくわからないな」
クラーケンは、確実にリトルクラーケンよりは大きいのだろう。
だが、比較対象がアスピロケドンだし少々遠くにいるので、正確な大きさがわからなかった。
《まだ動きはないようですね》
《どっちも警戒している感じなの！》
《ぼく、もうちょっと上から見てきますね》
ボルトとマイルが冷静に観察している。そしてボルトは再び飛んでいった。
《クラーケンは美味しい？》
《美味しいんじゃない？　リトルクラーケンは美味しかったしね》
ジュールとベクトルは、既にクラーケンを食材扱いにしていた。
「「あし、きったらはえるー？」」
「あ～、そういえば、そんなことがあったな～。え、どうだろう？　生えるのかな？」
そういえば迷宮で出会ったリトルクラーケンは、足を切り落とすと瞬時に足が生えていた。
でもそれは、迷宮だからだったかもしれない。迷宮の魔物は倒せばドロップアイテムに変わるから、生態そのものが違う可能性があるんだよな〜。
《切り落としてみればわかるんじゃない？》
「……え？　まあ、それはそうだけどな」
切り落としてみるって、ジュールは戦う気なのだろうか？
「あのな、海で戦うのは無謀《むぼう》だからな」
さすがに足場などの問題があるし、海で巨大海洋生物と戦うのは不利過ぎる。
《えぇ〜、クラーケン食べたーい！》
「ちょっと無理かな。今回は諦めような」
「「えぇ〜〜〜」」
ベクトルだけじゃなく、アレンとエレナも不満そうな声を出す。
その横で、ジュールも残念そうな声を出した。
《クラーケン、こっちに登ってこないかな？》
「こらこら、そういうことを言わない！」
《ジュール、兄様を困らせては駄目よ》
《えぇ〜、でも、それで解決するよね？》
戦う気満々だな。まあ確かに、クラーケンが海中から出てくるなら、問題がなくなるのか？
ジュールやフィート、ベクトルだってSランクの魔物だしな。間違ってもアスピロケドンと戦うって言わないだけ良いのかもな。

「もしもクラーケンが登ってきたら、足の一、二本貰うか。登ってきたらな」

「《やったー！》」

「ただし！　こっちから誘導とかはしないし、日が暮れる前には街に戻るからな！」

「《はーい！》」

僕の言葉にアレンとエレナ、ジュール、ベクトルが喜んだ。そして、クラーケンをじーっと見つめて「《こっちにこーい、クラーケンこーい》」と呟き始めた。

《あれは……クラーケンを呼び寄せる呪《のろ》いの歌かしら？》

《それっぽいの！》

アレンとエレナ、ジュール、ベクトルが変な動きをしながら呟いているのが怪しすぎて、フィートとマイルは少し引いていた。

すると――

《兄上、クラーケンがこっちに来ますよ》

「えっ⁉」

上空からクラーケンの様子を窺っていたボルトが、慌てて戻ってくる。

《進路を変えて、アスピロケドンの横から近づこうとしています》

「《やったー！》」

ボルトの言う通り、正面にいたはずのクラーケンが斜めに移動していた。
「えっと……どこかに行くとかじゃないのか？」
《それもなくはないと思いますけど、確実にこちらに近づいてきていますよ》
「……そうだな」
クラーケンは進路を変えていたものの、離れていくことなく、間違いなくこちらに近づいている。
子供達の呪いの歌が届いたのかな？
《アレン、エレナ、あと、ベクトルも。あっちで待ち構えるよ》
「「うん！」」
《おー！》
ジュールの掛け声で、アレンとエレナとベクトルは、クラーケンが接触しそうな方へ走っていく。
《凄いわ。呪いの歌が効いたのね》
《驚きなの！》
《呪いの歌？　何ですかそれは？》
呪いの歌の効果にフィートとマイルは驚きの表情をしていた。ボルトだけは、何のことか知らないので、不思議そうに首を傾げていた。
「先に行った子達が『クラーケン、来い』って、歌うっていうか念じていたんだよ」
《え、それで、クラーケンが本当にこっちに進路を変えたんですか？》

「偶然だと思うけど、偶然にしてはできすぎだろう？　だから、呪いの歌ってね」
《なるほど、そういうことですか》
ボルトに説明してあげると、驚きつつも納得したように頷いていた。
「さて、あの子達だけで行かせると何をするかわからないから、僕達も追いかけようか」
《あ、そうね。そうしましょう》
《わかりました》
《はいなの！》
僕達も先に行った子供達を走って追いかける。
「どんな感じだー？」
「「もうちょっと～」」
僕達が子供達に追いついた時、クラーケンはまだ接触していなかった。が、そろそろ辿り着きそうな距離にいた。
「うわっ、これは確実に来るな」
そう言っている間にも、クラーケンはアスピロケドンに接触し、登り始めていた。
そして驚くことに、アスピロケドンは微動だにしない。
《来た来た！》
ベクトルが嬉しそうに、ぴょんぴょん飛び跳ねる。

「……これは喜んでいいことなんだろうか？」
Sランクの魔物が近づいてきて喜ぶ人は普通いないんだが、ベクトルは〝食材が来たー〟としか思っていないんだろうな。
《足を使って器用によじ登ってくるわね》
《わりと断崖絶壁《だんがいぜっぺき》なはずなんですけどね。やりますね》
《本当なの！　なかなかやるの！》
フィート、ボルト、マイルも冷静にクラーケンを観察している。
ジュールの言葉に僕が頷くと、アレンとエレナが慌てて声を上げる。
「今なら簡単に倒せるかもしれないけど、クラーケンは海に真っ逆さまだな」
《まだ攻撃しちゃ駄目だよね？》
「「だめー」」
《だよね～。完全に登って来るのを待つか～》
「「うん、まつ～」」
子供達もジュールも、ワクワクした様子で今か今かと待ち構えていた。やはりSランクの魔物が近づいてくる状況の態度ではない。
……そういう僕も、まったくもって焦っていないので、みんなのことを言えないんだけどね。
「おーい、覗き込むのは止めて少し下がりなさい」

「「はーい」」
僕の言葉に、子供達は素直に後ろに下がってくる。
《そうだよね。ここで戦っちゃったら、クラーケンを海に落としちゃうもんね》
納得したようにベクトルが言う。
いや、下を覗き込んでいる子供達が落ちそうな気がするので後ろに下がるように言ったのだ。クラーケンのことは考えていないんだけどな～。
「「あっ！　あし！」」
そしてとうとう、クラーケンの足が姿を現した。
《まずは足を切り落として、生えるかの確認だね》
《そうね。それじゃあ、私が切り落とすわ》
《じゃあ、ぼくは飛び回って気を逸らします》
《オレは切り落とした足を確保する！》
《わたしも牽制《けんせい》するの》
みんなはさくさくと作戦を決めていく。
「アレン、エレナはとりあえず見学な」
「「えぇ～」」
僕が言うと、アレンとエレナは不満顔だ。

だけど、ここは譲れない。
「相手は水属性の魔物だから水魔法は効きが悪いだろうし、身体がぬめぬめしていたら蹴りとかも危ないから駄目。――みんな、任せたよ」
《《《《はーい》》》》
戦いはジュール達に任せて、僕はアレンとエレナを連れてさらに後ろに下がる。
《さあ、始めるよ！》
クラーケンが完全に登り切ると、ジュールの号令で五匹が一斉に攻撃を開始する。
『ピュルルルルー』
《〈アイスショット〉》
《〈バインド〉》
《捕まえた！》
ボルトがクラーケンの正面に飛んで行って気を引き、ジュールとマイルが魔法で牽制、ベクトルが隙をついてクラーケンの足の一本を押さえ込む。
《ベクトル、そのままちゃんと押さえておいてね。――〈ウィンドカッター〉》
フィートの渾身《こんしん》の魔法がクラーケンの足を切り落とす。
《確保ぉーーー!!》
ベクトルがすかさずクラーケンの足を咥えて僕のほうへ勢いよく走って来る。

《はい、兄ちゃん。しまって、しまって！》
「はいはい、ありがとう」
僕はベクトルからクラーケンの足を受け取って《無限収納《インベントリ》》にしまう。
「「……はえなーい」」
「本当だな。じゃあ、足が生えるのは迷宮特有のものかな？」
でも、時間を置けば生えるっていう可能性はありそうかな？　普通のイカやタコも足が生え直すって聞いたことあるしな。で、迷宮にいるやつが極端に早いとか？
まあ、時間を置いて確認するわけにはいかないので、不明のままだけどな。
《なんだ～。足をいっぱい切り落とせば、いっぱい手に入ると思ったんだけどな～》
「そんなこと考えていたのか？」
《うん！　だって美味しいものはいっぱい欲しいもんね！》
ベクトルはクラーケンの足を無限に手に入れようとしてたのか。なかなか凄いことを考えるな～。
《ベクトルー。もう倒しちゃうよー》
《あ、待って、待って～。オレ、何もしてなーい》
そんな会話の間にも二本目の足を切り落としていたのだが、何も変化がなかったからか、ジュールは早々に決着をつけようとしていた。
《はい、兄様》

「ありがとう、フィート」
ベクトルが戦闘に戻っていくと、入れ替わりでフィートがクラーケンの足を咥えて持ってきた。
そしてそのまま、そこに座り込む。
「あれ？　戻らないのかい？」
《ええ、倒すだけならジュールとベクトルだけで大丈夫でしょう。ほら、ボルトとマイルもこっちに来るわ》
フィートの言う通り、ボルトとマイルも戻ってくるのが見えた。
「お疲れ様。怪我はないね」
《ただいまです。怪我はないです》
《ただいまなの。大丈夫なの！》
「あ、フィートは？」
《ふふっ、大丈夫よ》
とりあえず、戻ってきた子達を先に労《いた》わる。
「それにしても……ジュールとベクトルだけに任せてきて大丈夫だったのか？」
《そうね〜、さっきまでみたいに〝足だけを狙って切り落とす〟みたいな行動に制限があったら難しいかもしれないけれど、ただ倒すだけなら大丈夫よ》
「あ〜、それもそうか」

細かい指示での動きが得意なのは、フィート、ボルト、マイルで、力が必要な動きが得意なのは、ジュールとベクトルだ。

ただ倒すだけとなった今は、ジュールとベクトルが適任だ。

それからしばらく見ていたのだが――

《あっさり倒すと思ったんですが、時間を掛けていますね》

《遊んでるの～》

ボルトとマイルの言う通り、ジュールとベクトルは遊んでいた。

鞭《むち》のように振り下ろされるクラーケンの足をぴょんと跳び越える姿は、大縄跳びでもしているようだ。

「「むぅ～～～」」

遊んでいる二匹を見て、アレンとエレナはむくれていた。

二人は僕に止められたがために我慢しているのに、ジュールとベクトルが遊んでいるのだから……まあ、面白くないよな～。

「ほら、さっさと倒さないと、アレンとエレナに嫌われるぞ」

《《え、何でっ⁉》》

ジュールとベクトルは戦闘中だというのにもかかわらず、驚いたように僕の顔を見て、続いて子供達の顔も見る。

「二人が我慢しているのに、ジュールとベクトルは遊んでいるだろう」
《《はっ！》》
僕の言いたいことを理解したジュールとベクトルは、慌ててクラーケンと対峙《たいじ》する。
《ベクトル、さっくりと終わらせるよ》
《了解！》
本気になったジュールとベクトルは、クラーケンに向かって次々と攻撃を繰り出す。
そして、あっという間にクラーケンは瀕死《ひんし》の状態になった。
《これで終わりだー！》
最後のトドメだとばかりに、ベクトルがクラーケンに思いっ切り体当たりして吹き飛ばす。
《《あっ！》》
しかし、あまりの勢いに、クラーケンがアスピロケドンから落ちそうになっていた。そして、それに気がついたジュールとベクトルが慌ててクラーケンの足を掴《つか》む。
《あぶ、危なかったぁ〜〜〜》
《ちょっと、ベクトル！　何しているんだよ！》
《ごめ〜ん》
危うく落ちかけたクラーケンは既に事切れているようだが、二本の足でなんとかぶら下がっている状態だ。

《ゆっくり引っ張るよ》
《ほーい》
《よーし、そのままゆっくりだよ》
《わかったー》
ジュールとベクトルは慎重にクラーケンの身体を引き上げ終えると、どさっと座り込んだ。
《お兄ちゃん、回収して～》
「お疲れ様」
《疲れた～。戦闘は大したことなかったけど、最後の最後で焦って疲れた～》
特にジュールがぐったりしていたので、クラーケンを《無限収納《インベントリ》》に収めた後、慰《なぐさ》めるように撫でる。
「まあ、あれは焦るよな～。でも、ほら、ベクトルはアレンとエレナに説教されているから、許してやって」
ジュールは少しだけベクトルに腹を立てている様子だったので、腰に手を当てて叱る子供達としょんぼりヘコんでいるベクトルを見せる。
《あ～、うん、あれはこたえるね》
ジュールは先程とは打って変わって、同情するような表情になる。子供達に怒られるというのは、腹立つ心境から同情に変わるほど辛いことらしい。

フィート、ボルト、マイルも自業自得だと言わんばかりに子供達が説教する様子を眺めている。

しかし、クラーケンとの戦闘でそこそこ時間を使っていたため、子供達を止めることにした。

「おーい、アレン、エレナ、そのくらいで止めようか。そろそろ帰らないと、暗くなる前に街に着かないからな」

「「はーい」」

「ジュール、ベクトル、マイル、お疲れ様。また呼ぶな」

《うん、また面白いことがあったらすぐに呼んでね》

《タクミ兄、また呼んでね》

『……がるーん』

ジュールとマイル、ヘコんでいるベクトルは影に戻す。

そして僕と子供達はまたフィートに乗って、ボルトと共に最短距離でまず陸地へと向かう。

「フィート、ありがとう」

《お安い御用よ。これくらいいつでも言ってちょうだい》

アスピロケドドンはそれほど先に進んでいなかったため、少しだけ街から離れた場所に上陸でき、そこでフィートを労わってから影に戻した。

「ボルトはもう少しだけ頑張ってもらうな」

《はい、任せてください》

ボルトにだけは、最後にもうひと仕事お願いする。

マジックバッグに陽炎草と霊亀草の植木鉢……ならぬ、植木壺と手紙を入れたものを託し、オズワルドさんとマーシェリーさんのところまで運んでもらうのだ。

ボルトが飛んでいくのを見送って、僕はアレンとエレナに振り返る。

「これでよし！　――じゃあ、帰ろうか」

「「うん」」

「今日は楽しかったな」

「「うん、うごくしま、すごかった！」」

それから僕達は、今日あった出来事を話しながら歩いて街に戻ったのだった。


翌日の早朝、ボルトがルーウェン邸にこっそり戻ってきた。

……のだが、オズワルドさんから『とんでもないものを送ってくるんじゃない！』という内容の手紙と、大量の野菜と果実を持ち帰っていた。

手紙の中身的には怒っているのかと思って、ボルトにオズワルドさんの反応を聞いてみる。

話によれば、怒っていたというより呆れていた感じで、マーシェリーさんはうきうきとした様子で早速、陽炎草と霊亀草を畑に植え替えていたらしい。

結果はどうなるかわからないが、試してくれるようだった。

第五章　別行動をしよう。

「あぅ、あぅ～」

「「いいこだねぇ～」」

本日、アレンとエレナは朝からルカリオくんに構いっきりである。

「アルメリアさん、毎日毎日すみません」

「ふふっ、大丈夫よ。あやしてもらって助かっているわ。それに、ルカリオもお兄さんとお姉さんに遊んでもらえて喜んでいるもの」

「……それならいいんですけど」

あまりにも二人がルカリオくんにべったりなので、さすがに母親であるアルメリアさんに悪いと思ったのだが、気にしていないようだった。まあ、本心なのかお世辞《せじ》なのかわからないけどね。

「でも、変なことをしたら遠慮なく叱ってくださいね」

「あら、そんなに心配しなくても、あの子達なら大丈夫ではないかしら？」

「兄バカ発言になるんですが……確かにあの子達は賢い子です。だけど、良かれと思ってやってはいけないことをやりそうな気がするんですよね」

僕も気をつけるが、ルカリオくんの周りにいる大人にも注意してもらいたいことなので、申し訳ないが伝えておく。

「あら、そういうことね。それならわかったわ。私も気をつけないといけないことですし、気にしておくわ」

するとアルメリアさんも納得したように頷いてくれた。

「ふぇ～」

「ルカちゃん、どうしたの～？」

「ふぇ、ふぇ」

「ルカちゃん、ないてる～」

「あら？　そうね、そろそろミルクの時間かしら？」

「ミルク？　ごはんほしいの？」

お腹を空かせたルカリオくんが泣きだしたので、僕はアレンとエレナをルカリオくんから離すことにした。

「ほら、お昼だよ。アレンとエレナもご飯にしようか」

「……は～い」

僕達も昼ご飯のためにルカリオくんの部屋を退室したが、お昼ご飯を食べ終わると、アレンとエレナはすかさずルカリオくんの下へ行きたがる。

「あらあら、アレンちゃんとエレナちゃんは本当にルカリオちゃんのことが大好きなのね」

「「うん！　ルカちゃん、だいすき！」」

再びルカリオくんの部屋へやって来ると、そこにはルカリオくんと、アルメリアさんはいなかったが、代わりにレベッカさんがいた。

寝転がっているルカリオくんのもとへ、アレンとエレナは駆け寄っていく。

「ふぇ〜」

「ルカちゃん、なかないで〜」

「ルカちゃん、よしよし〜」

「ふぇ、ふぇ……」

「「ルカちゃん、ねんね〜？」」

ミルクをお腹いっぱい飲んだルカリオくんが、今度はお眠でぐずっているのをアレンとエレナが一生懸命に宥《なだ》めていた。

「アレンちゃんとエレナちゃん、本当にルカリオちゃんにべったりね〜」

「そうなんですよ。無理やり引き離すわけにはいかないですし……どうしたらいいですかね？」

子供達がルカリオくんを構っている間、僕はレベッカさんと世間話をする。

「あら、離さないといけないの？　特にその必要はないのではない？」

「いや〜、でも……ずっとルカリオくんに張り付いているのは迷惑でしょう？」

「ルカリオちゃんにはまだ乳母《うば》がいないから、乳兄弟《ちきょうだい》もいないわけでしょう？　だから、あの子達が一緒にいるのはありがたいことだわ」

あれ？　ヤギのミルクがどうのって言っていたから、そういうものだと思っていたが……そうか、貴族の女性が子供を産んだ場合、乳母が雇われるのが普通なのか。

「乳母がいないのは、雇う予定がなかったからですか？」

「候補の人はいたのだけど、出産が遅れているそうなの。違う人も探しているのだけど、良い人がいないのよね～」

「なるほど」

まあ、跡取り息子と接するわけだから、家柄とか人柄とかの条件も厳しいのだろう。

「ヴェリオさんやヴァルト様にも乳母はいたんですか？」

「ふふっ、リジーがそうよ」

「そうだったんですか！」

リジーさんはレベッカさんの侍女で、穏やかでしっかりと仕事をこなす人だ。僕も何かとお世話になっているし、子供達の面倒を見てもらったこともある。

あの人が乳母だったのか！

「え、じゃあ、乳兄弟……リジーさんのお子さんに僕は会っていたりするんですかね？」

「あるわよ」

「え、本当ですか？」

「ええ、ダニエルがそうよ」

「ダニエルさん⁉」

ダニエルさんはヴェリオさんの秘書っぽい役割をこなしている人で、ルイビアの街に来てから何度も会ったことがあった。

「え、じゃあ、もしかして、サイラスさんもそうですか？」

サイラスさんもヴェリオさんの仕事の手伝いをしている人で、ダニエルさんの弟だって聞いたことがある。

「そうね。ヴァルトさんの時もちょうどリジーがサイラスを産んだの。だから、うちの子は二人ともリジーが乳母よ」

「そうだったんですね〜」

知らなかったルーウェン家の内情を聞いて、いろいろ驚いた。

すると、そこでとあることに気がつく。

「あれ、子供達が静かだ」

「本当ね。あらあら、まあまあ！」

「レベッカさん、どうかしまし――あ〜、二人も寝ちゃったか〜」

レベッカさんと話し込んでいる間に子供達が静かになっていたので様子を見ると、眠りについたルカリオくんを挟んで、アレンとエレナもいつの間にか眠っていた。

「ふふっ、可愛いわね～」

「そうですね。あ、そうだ！」

僕は魔道具の撮影機を取り出して、パシャッと一枚。三人の寝顔を写真に収める。

「おっ、良い感じ～」

「まあ！」

出てきた写真を見ると、なかなかのベストショットだった！

あ、寝顔アップの他にも、全身のも写しておこう。

「タクミさん、魔力紙が貴重なのはわかるんだけど……」

「あ、レベッカさんもいります？」

「お願いしてもいいかしら？」

レベッカさんが羨《うらや》ましそうにしていたので、僕はすぐにもう一枚写真を撮り、レベッカさんに手渡す。

「ふふっ、ありがとう。あ、魔力紙の料金は後で用意しておくわ」

「いえいえ、運よく魔力紙をたくさん手に入れることができましたからね。だから、お金はいらないですよ」

「あら、魔力紙が貴重なことは変わりないわ。だから、それでは駄目よ」

「え、でも……」

「駄目よ。受け取ってね」

魔力紙はシルからかなり貰ったので、今なら写真は撮り放題だ。

なので、何枚か譲ったって僕は構わないのだが、それはレベッカさんには通じない。

僕がたくさん持っていようが、貴重なものには違いないと譲ってくれなかった。

「ところで、レベッカさん」

「何かしら？」

「今日これから、アレンとエレナのことをお願いしてもいいですか？」

「あら、タクミさん、一人でお出かけ？」

「はい、そうしようと思います」

僕と子供達は四六時中と言っていいほど一緒にいるので、この機会に少し離れてみようと思ったのだ。こうやって、少しずつ兄離れできるようにしてあげたい。

「夜、子供達が寝るまでには帰ってきますので、それまでお願いしたいです」

「じゃあ、夕食も別なのかしら？」

「はい、レベッカさんが了承してくれるなら……ですけどね」

手始めに子供達が眠っている間に出かけようと思う。

「子供達が寝ている間に出かけてしまうのは可哀相な気もするけれど……」

「泣くか、拗《す》ねるか……どういう反応をするかわからないので、レベッカさんには迷惑を掛けると思うんですけどね」

「それはいいのだけど……」

レベッカさんは何かを言いたそうだったけど、僕は子供達を預けて出かけることにした。

◇◇◇

「さて、何をするかな〜」

ルーウェン邸を出た僕は、とりあえず街をぶらぶらしていた。

「おっ、タクミじゃないか！」

「あ、エヴァンさん」

気づけば冒険者ギルドの近くまで来ていたようで、そこでエヴァンさんと出会った。

「一人か？　子供達はどうしたんだ？」

僕が一人でいるのが不思議だったのか、エヴァンさんは周りを見渡して子供達の姿を探している。

「預かってもらっています」

「預かって？　ああ、伯爵家にか？」

「ええ、そうです」

エヴァンさんは僕達が宿ではなく、ルーウェン家にお世話になっていることを知っているので、すぐにわかったようだ。

「あんなにべったりな二人が、よく留守番を了承したな」

「……昼寝しているところを置いてきました」

「それは……大丈夫なのか？」

「大丈夫ですよ……たぶん」

黙って置いてきたことを伝えると、エヴァンさんが微妙な顔をした。

子供達を置いてきたら、暴れるとでも思っているんだろうか？

泣く、拗ねるはあるとしても……さすがに暴れたりはしないだろう。……しないよな？

「それで、一人で何しているんだ？　今から依頼っていうわけじゃないんだろう？」

「適当にぶらぶらしていました」

「おっ、それなら飲みに行こうぜ！」

特にやることがないことを伝えると、エヴァンさんは目を輝かせる。

「そうそう、タクミの料理が食べたいんだよ！」

「いやいやいや！　飲みに行くなら、普通は飲みに行く店の料理でしょう！　僕の出番はありませんよ！」

「大丈夫だ！　俺が泊まっている宿なら融通《ゆうずう》が利く！　ほら、行こうぜ！」

「……えぇ～」

エヴァンさんは僕の腕をがしっと掴むと、宿に向かって歩き出した。

「エヴァンさんは強引だな～」

「タクミの料理は美味いからな。食材費はもちろん、手間賃も支払うから頼むよ。な？」

エヴァンさんが懇願《こんがん》するように言ってくる。そんな風に言われたら悪い気はしない。

「も～、仕方がないな～。で、何が食べたいんですか？」

「何でも良い！」

「……何でもって」

何でも良いっていうのは、一番困る返答だ。

「じゃあ、僕の食べたいものでいいですね」

「おう、それでいいぞ。じゃあ、宿に行く前に買い出しか？」

「食材は持っているんで大丈夫です」

食材は手持ちにいっぱいあるので買い出しは断り、僕達は宿へ移動するのだった。


「タクミ、使っていいってよ」

「はーい」

エヴァンさんが交渉して、無事に厨房を使う許可が出たようだ。

ここの食堂は以前、エヴァンさんたちと合同依頼を受けた後、打ち上げで来たことがあるが、さすがに厨房の人とは初対面だ。

「すみません。お邪魔します」

僕が厨房に入ってそう挨拶すると、厨房の中にいた人が応えてくれた。

「客が入るにはまだ早い時間だから問題ない。それに、おまえさんの料理に興味がある」

「え？　えっと……それはどういう意味です」

「サラダにかけるタレ、あれを考えたのがおまえさんだって聞いたからな」

サラダのタレって……ドレッシングのことだよな？

「タクミはスコットにタレの作り方を教えただろう？　俺達は料理ができないから、ここのオヤジに作ってもらったんだよ」

「そういえば、教えましたね」

僕が首を傾げていたからだろう。エヴァンさんが経緯を教えてくれる。

スコットさんにドレッシングのレシピをあげたのをすっかり忘れていたよ。

思い出して納得していると、厨房のオヤジさんが笑みを浮かべる。

「肉ばっかり食べて、何度言っても野菜を全然食べなかった野郎どもが、サラダを注文するようになったぞ」

「野郎ども？」

首を傾げていると、エヴァンさんが補足してくれる。

「ああ、この宿の食堂を利用する冒険者達だよ。あれは美味いからな。俺やスコットだけじゃなく、他の奴らもすっかり気に入ってて、ここの人気メニューなんだぜ」

「へぇ～、それは良かったです？」

どれだけ野菜を食べなかった冒険者がいたのかは知らないが、野菜を食べるようになったのは良いことだよな？

「だから、オヤジもタクミが何を作るか興味津々なんだよ……それで、今日は何を作ってくれるんだ？」

「そんなに期待されても困るけど……そうだな～」

この前、魚介をいっぱい仕入れたから、それを使うかな。

「あ、フライにするかな」

「フライ？」

「そうです。パンを粉にしたものを食材に纏わせて揚げた料理ですね」

エビと魚は……アジ！　ホタテとイカもいいかも！

「エヴァンさん、暇なら手伝ってください」

「俺、料理はできないぞ？」

「うちの子供達でも手伝えることですが、できませんか？」

「おい、タクミ！　さすがに子供ができることなら、俺だってできるぞ！」
「じゃあ、お願いします」
パン粉をつける作業は人手があると楽なので、エヴァンさんも巻き込む。
するとそれを聞いていたオヤジさん――ミルトンさんも手伝いを申し出てくれた。僕のやること
に本当に興味津々のようだ。
「タクミ、オヤジに手伝わせると、作り方を盗まれるぞ～」
「僕としては、特に気にしないですけど……」
ただ、他のところでレシピを購入した人には悪いかな～とは思う。
僕はいつも、譲渡《じょうと》で良いと言っているんだけど……対価を払うって譲ってくれなかったんだよ
な～。うーん、その人には今度、手紙に違う料理のレシピを書いておけばいいかな？
とりあえずミルトンさんには、作り方を見てもらって構わないので、代わりに何かやってもらう
ことにしよう。
「じゃあ、今度、僕個人用に大量に作る手伝いをしてくれませんか？」
《無限収納《インベントリ》》に保管しておく用の料理を作る手伝いをしてもらおう。
今日作ろうと思っているもの以外にもトンカツやメンチカツ、ささみフライやコロッケ、白身魚
のフライやサーモンフライもいいな。あとはアスパラの肉巻きとか、チーズフライとか……食べた
いものや作っておきたいものがある。

フライ系は一人で大量に作るには面倒だからな！

「おう！　任せてくれ！」

ミルトンさんが了承してくれたので、交渉成立っていうことで作業工程を軽く説明しながら料理を作っていく。

パン粉つけが終わって油で揚げていると、ミルトンさんがしみじみと呟く。

「手間がかかるな」

「まあ、さくっとはいきませんね」

そんな僕達の会話を聞いたエヴァンさんが尋ねてくる。

「タクミ、まだか？」

「まだ作っているでしょう」

「だって、良い匂いがする！」

「子供じゃないんですから、大人しく待っていてください！」

パン粉つけで活躍したものの役目が終わったエヴァンさんは、僕の後ろでうろうろし始めた。

あまりにもうろうろするので食堂のほうへ行って座っているように言うと、少ししょんぼりしながら素直に厨房を出て行った。

「よし、このくらいでいいな」

良い色になったら、油から上げて完成。

「どうです？　多少手間はかかりますが、作業自体はそれほど難しくはないでしょう？」

「そうだな。火の通りにさえ気をつければ大丈夫だな」

「じゃあ、これはミルトンさんに」

「いいのか？」

「いいですよ。やっぱり作ったものは食べてみないとね」

ミルトンさんにも取り分けたフライとタルタルソースも渡す。

僕としてはウスターソースも欲しいところだが、まだなんちゃってソースしか作れないので、出すのは控えておいた。


「エヴァンさん、お待たせしました～」

「やっとか！　待ってた！」

フライの盛り合わせを持って食堂へ行くと、エヴァンさんがそわそわしながら座っていた。失礼なたとえかもしれないが、餌を待つ犬のようだった。

「はいはい、どうぞ」

「よっしゃー！　――美味っ！」

エヴァンさんの前に皿を置き、食べる許可を出すと、すぐにフライにかぶりついた。

「どうですか？　気に入っていただけましたか？」

「おう！　めちゃくちゃ美味い！　サクサクしていて食感も良いし、このタレも美味い！　やっぱりタクミは凄いな！」

「ありがとうございます」

自分も食べてみたが、良い感じだった。揚げものは美味しいな～。

「エヴァンさん、フライだけじゃなくキャベツもちゃんと食べてくださいよ」

「だって、タクミ。これ、タレ……じゃなくて、ドレッシングがかかってないぞ～」

「フライとタルタルと一緒に食べてみてください」

フライばかり食べて、添えてあるキャベツの千切りに手をつけていないので注意すると、エヴァンさんはしぶしぶキャベツも一緒に口にする。

「……お？　美味い？　これも食べられるな」

「でしょう？　この組み合わせをパンに挟んでも美味しいんですよね～」

「おっ、それも良さそうだな！　――オヤジ！　パンをくれ！」

フライをサンドイッチにしても美味しいことを伝えると、エヴァンさんはすぐに試そうとミルトンさんにパンを要求する。

「おや、タクミさん？」

「あ、スコットさん、お帰りなさい」

早めのご飯を食べていると、スコットさんが帰ってきた。

「ただいま戻りました。タクミさんはこちらで何を……と聞く必要はないですね。エヴァンに料理を作ってくれと頼まれましたか？」

スコットさんはちらりとテーブルの上を見て、何が起きているか察したようだ。

「よくわかりましたね。スコットさんもどうですか？」

「私の分もあるのですか？　もちろん、いただきます」

スコットさんの分はあらかじめ用意してあるので、僕は《無限収納《インベントリ》》からフライの盛り合わせを取り出す。

すると、スコットさんは嬉しそうな顔をして席に着き、早速食べはじめた。

「これは美味しいですね。魚や貝はもちろんですが、この白いタレがまた何とも言えませんね～。何という料理なのですか？」

「フライって言います。エビフライ、アジフライ、ホタテフライ、イカフライ……というように、いろんな食材で作れます。で、タレはタルタルソースです。ミルトンさんが作り方を知っていますから、また食べたくなったらミルトンさんにお願いしてください」

「それは嬉しいですね～」

スコットさんは本当に嬉しそうに微笑む。

まあ、手間の問題で食堂のメニューとして出なかったとしても、個別で注文したら作ってくれるだろう。

「「いた！」」

「あら、本当にいたわ〜」

「え？　えぇ!?」

エヴァンさん、スコットさんと食後の談話をしていると、レベッカさんと手を繋いだアレンとエレナが、店に飛び込んできた。

「「おいてった！」」

「タクミさん、ごめんなさいね。子供達が起きて、あなたが居ないとわかった途端、捜しに行くって言い出してね〜」

子供達は頬を膨らませている。

ルーウェン邸に置いて来たアレンとエレナは、泣くでもなく拗ねるでもなく……怒ったらしく、僕を捜しに来たようだ。腰に手を当て、ぷんぷん……と音が聞こえそうな表情をしている。

「「おいてった！」」

アレンとエレナが再度、怒っていることを主張する。

「ごめんね。許して？」

「「むぅ〜」」

「……おいしいごはんで」

「……ゆるす」

……許してくれるそうだ。もっと文句を言うと思ったんだけどな～。

「じゃあ、座って」

「「おぉ～。おいしそう！」」

「これで許してくれるかな？」

「「ゆるす！」」

アレンとエレナの前にフライの盛り合わせを出すと、二人はあっさり許してくれた。

レベッカさんにも席を勧め、一応、子供達と一緒に食事を摂るか確認したが、さすがに遠慮されたのでお茶を用意する。

「「エビフライだ！」」

「それはそうだね。さて、他は何かわかるかな？」

「「たべてみる！」」

子供達がご飯を食べ始めたので、僕はレベッカさんに改めて謝罪する。

「レベッカさん、付き添いをさせてすみません」

「預かった以上、放り出すようなことはしないわ」

「いや～、でも、まさか、追いかけてくるとは思いませんでした」

「それはね、私も思わなかったわ」

僕もだが、レベッカさんも苦笑いをしている。

「あの子達、邸《やしき》を飛び出して、塀を飛び越えて行きそうな勢いだったのよ～」

「え？　そ、それは……ご迷惑をお掛けしました」

「ふふっ、大丈夫よ。『一緒に捜しに行きましょう』って伝えたら、止まってくれたもの」

塀は飛び越えていないようだ。良かった～。

「それにしても、よくここがわかりましたね？　あちこち捜したんじゃないですか？」

「それがね、子供達、タクミさんがいるのがわかっているかのように、一直線でここに来たのよ」

「……え？」

ここに一直線？　どこにも寄らずに真っ直ぐに？

「アレン、エレナ、どうしてここに来ようと思ったんだ？」

「「なんとなくー？」」

「……」

もぐもぐしている子供達に尋ねてみると、理由はないようだった。ということは、勘かな？　勘の域を超えている気がするが……まあ、いいか。

「アレン、エレナ、どうだい？」

「「おいしい！」」

アレンとエレナは満面の笑みだ。気に入ってくれたようだな。

「それで、エビ以外は何かわかったかい？」

「ホタテ！」

「イカ！」

「正解！　もう一つは？」

「『さかな！』」

「ああ、うん、正解だけど……アジな、アジフライ。覚えておいて」

「『アジフライ！　おぼえた！』」

アレンとエレナが食べているのを見て、レベッカさんは羨ましそうにしている。

「今度、ルーウェン家でも作りますね」

「ふふっ、嬉しいわ。ありがとう」

今日は無理だが、レベッカさんやヴェリオさんにも作ってあげよう。

そんなことを考えていた僕に、エヴァンさんが話しかけてくる。

「タクミ、置いてけぼりは大丈夫じゃなかったみたいだな」

「ですね。黙って出かけるのは止めます」

「黙ってか。黙って……じゃなかったら大丈夫なのか？」

「説得できれば大丈夫だと思いますよ」

「……そうなのか」

最初は揶揄《からか》い混じりで話し掛けてきたエヴァンさんが、話しながら何かを考え込みだした。

「なあ、スコット。明日の依頼、タクミがいたほうが良くないか？」

「それは……そうですね」

「明日の依頼って何ですか？」

「えっとな……」

僕が依頼について聞くと、エヴァンさんは周囲を見渡した。

そろそろお客さんが入ってきていたのだが、まだまばらとはいえ、他にお客がいるところで話せないのかな？

エヴァンさんやスコットさんが借りている部屋に移動しようとしたところで、レベッカさんから待ったが入った。どうやら、レベッカさんも話を聞きたいらしい。

というわけで、僕達はルーウェン邸へと移動することにした。


「――それで、依頼というのは何ですか？」

「街から少し離れてはいるが、オークの巣が見つかったんだ」

「……オークの巣ですか」

ルーウェン邸の談話室で、ヴェリオさんも交えて改めて詳しい話を聞いたんだけど……その内容は確かに、人が出入りしている場所で容易に話せるものではなかった。

「それで、明日、複数の冒険者パーティで掃討《そうとう》に向かう予定でいる」

なるほど、エヴァンさんとスコットさんも、その作戦に参加するのだろう。

「規模はわかりましたか？」

ヴェリオさんは既にオークの巣の報告は受けていたらしく、驚いた様子もなく真剣な顔で尋ねる。

エヴァンさんは街から少し離れているると言っているが、脅威には違いない。それが自分達の治める領地となればなおさらだ。

ヴェリオさんに尋ねられ、エヴァンさんはスコットさんの方を向く。

「スコット、斥候《せっこう》は何だって？」

スコットさんが遅れて宿に帰ってきたのは、冒険者ギルドで斥候の報告を聞いてきたからだったようだ。

「およそ二百匹。間違いなく上位種がいるだろうとのことです」

「……なんてこと！」

レベッカさんが目を見開いて悲痛な声を出した。

規模はかなり大きいようだ。

ガヤの森やアルベールの街でオークと遭遇したことがあるけど、その時の数とは文字通り桁《けた》が違うもんな～。

「領兵も出したほうがいいかもしれませんね」

ヴェリオさんが呟く横で、僕も頷く。

「数が数だから、エヴァンさんは僕にも来てほしかったんですね」

エヴァンさんが僕を依頼に誘ったのは、人手の確保が理由か。

「ああ、そうなんだよ～。正確な数は俺も今知ったんだが、かなり多いことはわかっていたからな。アレン、エレナ、明日からしばらく兄ちゃんを貸してくれないか？　一緒に依頼に行きたいんだ」

「アレンはー？」

「エレナはー？」

「ん～、おまえ達にはちょっと不向きかな」

「「えぇ～、いきたーい」」

オークの巣に出向くのは、襲ってきたオークを倒すのとは違う。

囚われている人がいる可能性が高いからだ。それも悲惨な状態かもしれない。

それは、子供達には見せたくない光景である。

「アレン、エレナ、お留守番してくれないかな？」

「「ぶた、たおすー」」

なので、子供達には留守番を頼んだのだが、一緒に行きたいと主張する。

まあ、これは予想通りの反応なので、ここからどう説得するかだ。

「ねぇ、アレンちゃん、エレナちゃん。私、心細いの。だから、私と一緒にいてくれないかしら？」

そこで、レベッカさんが手助けしてくれる。

「「おばーさまと？」」

「ね、お願い」

「「うぅ～……わかった」」

レベッカさんに頼まれると、アレンとエレナも嫌だとは言えず、悩みながら納得してくれた。

「じゃあ、タクミは参加できるんだな」

「はい、大丈夫です」

「今回、Aランクの冒険者はいませんからね。とても心強いです」

「そうなんですか？　明日、討伐に行く戦力ってどんな感じだったんですか？」

「俺達を含めBランクの冒険者が七人、Cランクが十二人だ」

僕が入って二十人か～。ということは、単純計算で一人十四。

ん～、これはちょっと、こちらの戦力が足りないのではないだろうか？

「……僕は問題ありませんけど、Cランクには辛くないですか？」

「正直なところ、かなり辛い。俺達も状況によっては危うくなるな」

「オークの数が予定より多かったですからね。ギルドマスターが明日までに討伐メンバーを編制し直すと言っていましたから、もう少し人数は増えると思います」

オークはCランクだから、Cランクの冒険者でも倒すことは可能だろう。一対一ならね。

だが、相手は集団。一対一の状況に持ち込むことは難しいはずだ。

「あ、でも、さっきヴェリオさんが兵を出してくれるって言っていましたよね？」

「ええ。しかし、まずは冒険者ギルドと相談しなくてはなりませんけどね」

「そうですよね」

ヴェリオさんが兵を出してくれるなら、人数的には余裕ができる。

それか、経験値稼ぎのために僕が頑張るっていうのもアリかな？　気合い入れた魔法を一発、乱戦になる前に打ち込めばかなりの数を減らすことはできそうだしね！

「兵についてはもちろん、支援については私の仕事ですので、タクミくんは早めに寝て体調を万全に整えてください」

「そうですね。じゃあ、そうさせてもらいます」

討伐に行くメンバーの編制や必要な物資などは、ヴェリオさんが冒険者ギルドと打ち合せして整えてくれることになったので、僕達は明日のためにも休むことにした。

エヴァンさんとスコットさんは、部屋を貸すというヴェリオさんの申し出を断って宿に戻ることになり、明日は一の鐘――朝六時に冒険者ギルドに集合することになった。

僕は自分の部屋に戻り、寝支度を整えると早々にベッドに入り込んだ。

「「おにーちゃん」」

すると、アレンとエレナが小さな声で呼び掛けてきた。

「ん？　どうした？」

「アレンと」

「エレナ」

「「いっちゃだめ？」」

……討伐について来ることを、完全には諦めてはいなかったようだ。

「アレンとエレナはお留守番してくれるって言っただろう？」

「「うみゅ～」」

両脇に横たわっているアレンとエレナがしがみつき、すり寄ってくる。

頭ではわかっているが、寂しいってことだろうか？

「僕が依頼から帰ってきたら、三人でお出かけしような」

「「ぜったい？」」

「うん、絶対。約束しようか」

「「やくそくする！」」

明日置いて行かれることから次のお出かけに意識を向けてやると、二人の表情は寂しそうなものから楽し気なものに変わる。これで大丈夫そうかな？

「じゃあ、二人で行きたいところを考えておいてくれる？」

「「どこでもいいのー？」」

「うん、どこでもいいよ。依頼でもいいし、ただ遊びに行くんでもね。二人で相談して決めておいてね」

「「わかったー」」

僕は二人の頭を撫でると、ぎゅっと抱きしめる。

「二人が良い子で僕は嬉しい！」

「「えへへ〜」」

アレンとエレナは嬉しそうにさらにすり寄ってくる。

「じゃあ、さっさと明日の依頼を終わらせないとな！」

「「はやくかえってきてね」」

「了解です！　じゃあ、さくさく終わらせるためにもう寝ようか」

「「うん、おやすみ〜」」

◇　◇　◇

「タクミさん、気をつけてね」

「「おにーちゃん、きをつけてね」」

翌朝、レベッカさんと子供達が見送りに玄関まで来てくれた。

そしてヴェリオさんが、一人の男性を紹介してくれる。

「タクミくん。同行する兵の隊長は彼、オーランドです」

「よろしくお願いします」

「オーランドには、タクミくんの指示に従うように言ってありますから、何かあれば遠慮なく言ってください」

「えぇ!?」

それから聞くところによると、戦闘は基本的に冒険者達が受け持つことになったようで、兵達は冒険者達が危なくなった場合だけ戦闘に参加し、あとは後方支援に徹するらしい。

オーランドさんはその兵達の指揮をする隊長らしいが……何故か僕にも指揮権らしきものがあるようだ。

いや、指揮なんてできないし、困るんだけどな～。

「タクミくん、何かあれば……ですから、難しく考える必要はありませんよ」

「……わかりました」

僕が遠慮しようとしたのを読み取り、ヴェリオさんが先制してくる。こう言われてしまえば、拒否できない。

「アレン、エレナ、ジュール達を置いていくかい?」

「「ううん」」

「おにーちゃんが」

「つれてって」

出発する前にもう一度、子供達に声を掛け、寂しくならないようにジュール達を置いていくことを提案してみると、二人から断られた。

「あれ、いいのか？」

「「うん」」

「たいへんだったら」

「みんな、よぶんだよ」

子供達が断った理由を聞いて、僕は嬉しくなった。

敵が多いので僕のことを心配し、戦力になるジュール達は僕が連れて行けと言っているのだろう。

「ありがとう。大変だったらちゃんとみんなを呼ぶよ」

「「うん、けがしないでね」」

「わかった。じゃあ、行ってくるね」

「「いってらっしゃい～」」

みんなに見送られて冒険者ギルドに行くと、既に多くの冒険者が集まっていた。

「タクミ、こっちだ」

僕が来たことに気がついたエヴァンさんが、大声で呼びながら手招きしてくる。

「おはようございます」

「おはよう。もう全員集まっているぞ」

「あれ、僕、遅刻ですか？　もう説明とか終わっちゃいました？」

「いや、これからだ。ほら、来たぞ」

冒険者ギルドのギルドマスターであるノアさんが、冒険者達に集まるように指示する。

「揃っているな？　よし、みんな聞け」

そして、ノアさんから今回の討伐の詳細が説明される。

オークの巣までは馬車で約半日。今から移動し、現場近くの安全な場所で先行している偵察部隊と合流。状況を再確認しつつ、作戦を決め、翌朝に討伐開始という流れにするらしい。

「最後にリーダーを決めるが……本来、リーダーはランクの高い者に任せるものなんだが……」

「それならタクミだな」

「そうですね」

ノアさん、エヴァンさん、スコットさんが僕のほうを見てくる。さらに、その視線に気づいた冒険者達の視線も集まった。

「え、無理です！」

無理過ぎる話に、僕は全力で拒否する。

「だよな。いくらおまえがAランクでも、経験が不足しているしな～。――なら、スコット、おまえに任せる」

するると、最初から本気で任せる気はなかったのだろう。ノアさんはあっさりと引き下がり、スコットさんを指名した。

「了解しました」

「タクミ、サブリーダーならいけるな？」

「えっと……他の冒険者達に異存がなければ？」

「異存がある奴……いるか？」

僕のことを知らない冒険者もいたとは思うが、僕がAランクだというのは、さっきのノアさんの言葉で知れ渡ったため反対する人は出なかった。というわけで、僕がサブリーダーとなった。

「では、みんな頼んだぞ」

準備が終わると、ノアさん達ギルド職員に見送られて出発する。

そして、馬車に揺られて数時間……目的地に到着した。

「ここでいいんじゃないか？」

「そうですね。ここを拠点にしましょうか」

さくっと野営場所が決まると、隠密行動が得意な冒険者が先行部隊と合流するためにオークの巣のほうへと向かう。そして、残った者で野営の準備を始めた。

「タクミさん、作戦会議を始めますよ」

しばらくすると、迎えに行った者と偵察部隊が戻ってきて、情報を共有するために会議を行うことになった。

「ご苦労様です。まずは自己紹介ですね。討伐隊のリーダーを務めます、スコットです」

「サブリーダーのタクミです」

スコットさんが名乗ると、僕のほうをちらりと見てくるので僕も名乗る。

「チーノだ。先行部隊を取り纏めている」

「被害はありませんね？」

「問題ない」

作戦会議に参加するのは、スコットさんと僕、それにオーランドさん。あとは後発でやってきた冒険者パーティの各リーダー、スコットさんと同じパーティということでエヴァンさん、そして先行部隊から三名だ。

「では、報告をお願いします」

「ああ。オークの数は既に報告した通り、およそ二百。上位種はハイオークが少なくとも十四、オークメイジ三匹とオークジェネラルの姿も確認した」

「「「「……」」」」

会議に参加していたリーダー達が、愕然《がくぜん》とした表情で固まっていた。

ここまでの道中、冒険者達と話していたのだが、上位種はいてもハイオークだけであってほしいと言っていた。

だが、そのハイオークも一、二匹ではなく十四、さらにオークメイジとオークジェネラルがいると聞いて、衝撃を受けているようだ。

「えっと……こちらの安全を第一に討伐できるように作戦を練りましょう」

「安全にって！　こんなの無謀だろう!!」

「そうだ！　こちらの戦力が少なすぎる！」

無言の時間がしばらく続き、誰も口を開く気配がなかったので、話を続けようと促してみたのだが……それが引き金になってしまったのか、リーダー達が興奮したように無謀だと言い始めた。

だが、興奮していては話が進まないので、冷静に問いかける。

「具体的に、何が無謀ですか？」

「わかりきっていることを聞くなよ！　上位種が多すぎる！」

「上位種がいなければいけますか？」

「それは……まあ、何とか。だが！　偵察が上位種がいるのを確認しているんだから、〝いなければ〟なんて空論だろう！」

上位種がいなければ数の多いオークを相手にしても大丈夫だと認識しているようだ。

「じゃあ、僕が上位種を全て引き受けると言えば？」

「「「「はあ!?」」」」

僕の言葉に僕以外の全員が声を上げ、そのまま固まってしまった。

「タクミ、ちょっと待て、さすがのおまえでも無謀だろう？」

「タクミさん、落ち着いてください」

エヴァンさんとスコットさんがいち早く正気に戻り、困ったような表情をする。

「あ～、無謀ってあれですよね？　上位種が都合よく固まって行動したりしないことかな？　それなら、どうするかな～？」

確かにそうだよな～。上位種がバラバラにいたら、僕が全部引き受けたくても、僕以外の人が上位種と遭遇する可能性があるよな。

じゃあ、乱戦になる前に上級魔法を一発？　……と言いたいところだが、捕まっている人がいたら巻き込まれてしまう。

それに、上位種のお肉が木っ端《こっぱ》みじんは勿体《もったい》ない。今回、素材は倒した者に権利があるという話なので、なるべく原型を留めて倒したい。

「違う！　そうじゃない！　タクミの実力がどうあれ、いくらなんでも一人で上位種を相手にするのは無理だって言ってんだよ！」

「タクミさん、私もさすがにその作戦は容認できませんよ」

どうやって倒そうかを考えていたら、エヴァンさんとスコットさんに猛反対された。

でもな～。

「僕が引き受けるのが、一番安全じゃないですか？　これでもAランクですしね」

「これでもって……確かにタクミはここにいる誰よりもランクは高いな。だが、一番若くもある」

「え？　年齢？　そこですか？」

「年下のやつにばっかり任せられるかよ！」

「……えぇ～」

エヴァンさんが反対する理由に年齢を持ち出してきたのは予想外だった。

討伐隊のメンバーの年齢はだいたい二十代後半から三十代。四十代も二人くらいいるかな？　僕が一番若そうなのは確かだが、それぱっかりはどうしようもできない。

というか、僕も本来二十八……いや、二十九歳なんだけど、言えるわけがないしな～。

「それなら、どんな作戦にするんですか？」

「それはだな……」

「言い方はキツイかもしれませんが、皆さん、上位種の多さに怖気《おじけ》づいていますよね？　それでは作戦を組みようがありません」

「ほ、ほら、さらに援軍を出してもらうとか」

「援軍が来るまで待っているってことですか？」

「そ、そうなるな」

「僕はさくさく終わらせて帰りたいんです」

「……」

エヴァンさんに本音をぶつけると、最初は反論してきたが最終的には黙り込んでしまった。

「あ～、タクミさん、集団での依頼である以上、多少の予定外の事態は付きものでしてね……」

次はスコットさん。

直接口には出していないが、僕個人の意見はあまり言うものではないと言いたいのだろう。

まあ、ある意味、僕が言っていることは我儘だもんね。

「でもですね、帰るのが遅くなると、うちの子供達が来てしまう可能性があるんですよね。それこそ、援軍の馬車に忍び込んだりとか？　そうなると……困りません？」

「……」

ジュール達は子供達の傍に置いてきていないので、彼らの嗅覚《きゅうかく》を頼りに追ってくるってことはないと思うが、アレンとエレナの行動力を甘く見てはいけない。

昨日、ルーウェン邸に置いて来た子供達が、街の宿にいる僕のところに勘を頼りに追いかけてきたことを知っているスコットさんは黙り込んでしまった。

「それで結局どうしますか？　援軍を呼びます？」

「……タクミさんは意地悪ですね。呼びにくい状況を作って、それを聞くんですか？」

「ははは～」

僕がさくさく依頼を終わらせる方向に持ち込もうとしていると、スコットさんにぎろりと睨まれる。

「……はぁ。タクミさん、仮にです。仮に上位種がまとまって攻めてきたとしたら……倒せますか？」

「はい、問題ないです」

スコットさんが溜め息を吐きながら確認してくるので、僕は正直に答える。

「随分とはっきり言いますね」

「ここで〝たぶん〟とか言えないですよ。でも、オークメイジとは対峙したことないんですよね～。同じランクのオークジェネラルはそれほど苦労しませんでしたから、大丈夫じゃないですか？　それに、僕にはとっておきの切り札もありますしね」

僕の手に負えないようであったら、出し惜しみせずにジュール達を呼べばいい。

「あ～……オークメイジは魔法を使いますが、それさえ注意すれば剣で倒せます。それに引き換え、オークジェネラルのほうは頑丈ですので、手強いはずなんですが……苦労しなかったんですか？」

「わりと簡単に倒せましたよ？」

「……そうですか」

スコットさんはもう一度溜め息を吐く。しかも、同時に他の冒険者達やオーランドさんまで溜め息を吐いた。

そして、ユヴァンさんがぽつりと呟く。

「俺は切り札が気になるんだが……」

「そうですか？　でも、切り札ですから教えませんよ？」

今はまだ教えない。

「一緒に戦う人間の戦力は知っている必要があるだろう。教えろよ」

「エヴァンさんが戦闘不能になるので、教えません」

「えっ、そんなにヤバイのか!?」

「そうですね。ですから、切り札って言うんですよ」

「余計に気になるじゃないか！」

エヴァンさんは僕の切り札に興味津々である。

「教えません。ですが、エヴァンさんが危なくなったら使いますよ。ああ、だからといって、わざと危険な目に遭おうとしないでくださいよ？」

「そんなことするかよ！」

僕とエヴァンさんのやりとりを聞いて、僕達二人以外の人達が笑い出した。

ちょっと前までの緊張した雰囲気がなくなったので、僕はすかさず脱線しまくっていた話し合いを元の本筋に戻す。

「それじゃあ、明朝、討伐を開始で問題ないですか？」

「いいだろう！　どうせ応援を呼ぶにしても、街に残っているのは俺達よりもランクの低い奴らばかりだしな。頭数ばかり用意しても仕方がねぇ。それに、おまえが上位種を引き受けるって言っているのに、俺達が怖気づいていちゃ情けねぇからな！」

今度は反対する声は上がらず、リーダーの一人がそんな決意を口にする。

「じゃあ、今度こそ作戦会議ですね」

「おまえが決めろ」

「僕がですか？」

「ああ、おまえが動きやすいように俺達を動かせ」

他のリーダー達を見ると、同意見のようで頷いている。最後にスコットさんを見れば彼も頷いているので、作戦は僕が決めていいのだろう。

「それなら、お互いがフォローできる位置取りで、ある程度固まって攻撃しましょう」

「巣を囲わないのか？」

本来なら、逃げ出す個体を出さないために、どの方向にも戦力を置くのがセオリーだとは思うけど……それはしない。

「オークはあれだけの軍勢です。きっと〝逃げる〟という手段は取らないで、応戦してくると思います。それならこちらの戦力は分散しないほうがいい」

「ああ、確かにそうか」

「あとは、オークの上位種を散らさないためでもあります。あちこちに散ると、僕の対応が間に合わなくなりますからね」

上位種への対応が遅くなるってことは、他の冒険者の危険にも繋がるので、それは避けたい。

「ただ……別動隊はいるかもしれませんね」

「巣が手薄の隙《すき》に、囚われている人がいないか探る部隊か？」

「そうです。巣が完全に空になるという保証はないので、危険と言えば危険ですけどね」

「それなら、その任務は俺達だな」

先行部隊を取り纏めているチーノさんが名乗りを上げる。

「チーノさん……というか、先行部隊が……ということですよね？」

「ああ、探るのであれば、隠密に長《た》けている者のほうがいいだろうからな」

「疲れはありませんか？　今日到着した冒険者の中にも偵察に優れている人もいる……あれ、いますか？」

「大丈夫です。いますよ」

今日初めて会う冒険者達ばかりだったので、僕は彼らの能力はほとんど知らなかったが、スコットさんが素早くフォローしてくれる。

「いや、巣の内情をある程度知っている俺達のほうが動きやすいだろう」

「それはそうですね。じゃあ、お願いします。でも、無理はしないでください」

「ああ、わかっている」

「では、もし人がいれば救出。後方で待機しているオーランドさんと合流してください。――オーランドさん、対応をお願いします」

「了解しました」

大まかな作戦を決めた後は、細々とした対応策を考えて会議は終了した。


晩ご飯を済ませ、各々がテントで過ごすようになったところで、僕は見張りの目を避けて森へ入ると、静かにジュール達を呼び出した。

「みんな、静かにな」

僕が周囲に気を配っていることを察したジュール達は、即座に気配を殺して静かに頷き、耳を傾けてくれる。

なので、僕はまずはアレンとエレナはここには来ていないこと、明日オーク討伐があることを説明する。

「僕の手に負えないようであれば、みんなには表立って手伝ってもらうことになる」

《うん、わかった。任せて》

代表してジュールが答えてくれるが、みんな同じ意見のようで頷いて意思を示してくれた。

「でも、その場合、前に話した通り周りが騒がしくなる」

なにせみんなはSランクの魔物だったりするのだ、それを連れているとなれば、騒ぎになることは間違いない。
《わかってるよ。煩《わずら》わしさはあるかもだけど、その代わりお兄ちゃんや子供達と常に一緒にいられるようになるしね》
《そうね。問題ないわ》
《はい、大丈夫です》
《何でもいいよ！》
《大丈夫なの！》
もっとも、公表するしないの話し合いは、以前にもしたことがある。
その時はとりあえず公表しないことになったが、みんなはどっちでも良いという姿勢なので、この話に対して慌てることはなかった。
「じゃあ、手短に話すけど、ジュール、フィートには影で待機してもらって、何かあったら呼ぶから、その時はすぐに戦闘に参加で」
《わかったー》
《わかったわ》
「ボルトには別で動く部隊を陰から見守って、もしヤバそうなら手助けをしてもらいたい」
《任せてください》
「ベクトルとマイルは巣から逃げ出すオークがいたらこっそり仕留めて」

《わ～い。暴れる～》
「ベクトル、どう転ぶかわからないから、とりあえず目立つ行動はするなよ！　――マイル、申し訳ないけど……」
《ベクトルのことはちゃんと見張るの！　任せてなの！》
それぞれの役目を説明し、ジュールとフィートだけを影に戻し、ボルト、ベクトル、マイルには森で待機してもらうと、僕はまたこっそりテントへと戻ったのだった。

そして翌朝、準備を整えた僕達は、オークの巣の間近まで来ていた。

「じゃあ、準備は良いですね？」

「おう！」

「いつでもいいぜ！」

先制攻撃は僕の役目だ。

「《ウィンドカッター》」

まずは巣の周囲をうろうろしているオークを一掃《いっそう》するために、魔力をそこそこ込めた風の刃をたくさん放つ。

『ブヒィィィー』

かなりのオークが雄叫《おたけ》びを上げて倒れ込んだ。

「おいおいおい！　こんな威力のある魔法を使えるなんて聞いてないぞ！」

「初級魔法なのに、どうしてこんなに威力があるの！」

「さすがAランク！」

首を刎《は》ね飛《と》ばされたオークがバタバタ倒れるのを見て、仲間の冒険者達が唖然とする。

「オークどもが集まってくるぞ。気を抜くな！」

そんな冒険者達に向かってエヴァンさんが叱咤《しった》すると、みんなが武器を構える。

先ほどの雄叫びで、巣にいるオーク達がこちらに集まってきた。そのオークの中に、ちらほらハイオークの姿が見える。

「タクミ、ハイオークだ。任せるぞ！」

「了解です！　――《アクセル》」

僕は水神様の眷属から貰った刀――『水麗刀《すいれいとう》』を手にすると、加速の魔法で一気にハイオークへ接近する。

ついでに、途中にいる何匹かのオークの首も刎ねておいた。

「まずは一匹」

目的のハイオークを仕留めると、手薄そうなところへ加勢に行きオークを減らす。そして、また見つけたハイオークを倒す。それを繰り返していく。

「――これで五匹」

見る限り冒険者達に大きな怪我を負った人はいないので、ここまでは順調だ。

だが、ハイオークはあと五匹残っているはずだ。それに、オークジェネラルとオークメイジがなかなか姿を現さなかった。

「……少ないな」

「そうですね」

この場にいるオークを粗方《あらかた》倒し、戦闘は一旦落ち着く。

近くにいたエヴァンさんが、オークの少なさに首を傾げていた。

「逃げ出したか？」

「いや～、逃げ出したような気配はありませんよ。上位種だってまだまだいますよね？」

「だよな～」

「まあ、好都合なのでこちらの態勢を整えま――」

『ブヒィィイイイー』

今のうちに怪我人の確認などをしようと思ったが、ひと際大きい雄叫びが響いてきたため、全員が警戒を強める。

「オークキングだと⁉」

大量のオークの中にひと際大きな個体がいるのを見つけるのと同時に、冒険者の誰かが呆然と呟いた。

「王様が全勢力を引き連れてきたって感じか」

オークキングはAランクだ。己の強さに自信があるのか、軍勢を引き連れてゆっくりとこちらに向かってくる。

「ど、どうするんだぁ⁉」

「これはヤバくないか⁉」

「に、逃げたほうがいいんじゃないか！」

オークキングの他にも、オークジェネラル、オークメイジ、残りのハイオークと大量のオークもいるので、かなり圧倒される光景だ。

当然、怯える冒険者達も出ていた。

「あれだけの軍勢だからな、俺でもビビるわ」

「タクミさん、どうしますか？　こちらの士気が落ちています」

エヴァンさんとスコットさんがそう尋ねてくる。どうやら僕に判断を求めているようだ。たぶん、二人も撤退したい気持ちでいっぱいなのだろう。

だけど――

「僕が行きます。取りこぼしだけお願いできますか？」

「なっ⁉　ちょっと待て！」

僕がオークの軍勢に向かって走り出すと、後ろからエヴァンさん、さらに後ろからスコットさんが追いかけてきた。

「エヴァンさん。スコットさんまで……」

「タクミだけに任せられるか！」

「タクミさん、お付き合いしますよ」

どうやら二人も、僕のやろうとしていることに付き合ってくれるようだ。

「風よ、我の敵を刈り取れ《ウィンドエッジ》!!」

『ブヒィィィィー』

もう少しでオーク達と接触する位置で、僕は以前、ガヤの森でイビルバイパーを倒した時にだけ使ったことがある上級魔法を放つ。

ただ、あの時のようにじっくりと魔力を込めることができなかったので、オーク、ハイオークはかなり倒せたが、その他の上位種は無傷に近かった。

「《ウィンドカッター》」

『ブヒィィイイ!!』

続いて、王のお供を先に全部倒してしまおうと考えた僕は、今度は威力は弱いが多数の魔法で狙ってみた。しかしオークキングが、大きな斧《おの》を振り回して風圧で阻《はば》んでくる。

「防がれたか。それじゃあ、これならどうだ！　――《エアハンマー》」

オークジェネラルとオークメイジの三匹に空気圧を叩きつけ、動きを牽制する。

見えない、それも上からの攻撃だったため、今度は防がれなかった。まあ、倒すことはできないけどね。

「エヴァンさん！　スコットさん！　とりあえず、ジェネラルとメイジの動きを制限するので、先にオークをお願いできますか！」

「任せろ！」

「了解です！」

エヴァンさんとスコットさんに、残っているオークとハイオークの後始末を頼む。

軍勢の大半を削ったからか、他の冒険者達も気持ちを立て直し、こちらに走ってきているので大丈夫だろう。

『ブヒィィイイ！』

「おっと！　――《エアシールド》」

オークキングが僕に向かって大斧を振り下ろしてくる。

それを風の盾で受け止めると、ガキンッと大きな音を立てる。

「重たっ！」

オークキングはさらに力を込めて大斧を押し込んでくるので、僕も風の盾に魔力を込めて耐える。

上位種を抑える空気圧を維持しつつオークキングの相手をするのはかなり大変だが……ここが頑張りどころだな。

「タクミさん、大丈夫ですか⁉」

「はい、大丈夫です！」

オークキングの大斧と僕の風の盾で力比べを継続していると、心配したスコットさんが声を掛けてくる。

体格差があり過ぎて、オークキングの大斧が僕の真上から振り下ろされている形だからな……まあ、心配にもなるだろう。

「よっと！」

僕は後方に跳び退き、一旦オークキングから距離を取る。

「《エアショット》」

『ブヒィイイ！』

「本当に硬いな〜」

今度は複数の空気弾を至るところから当ててみるが、あまり手応えはない。

「《アクセル》」

僕は再び『水麗刀』を構えると、一気に加速してオークキングの脇をすり抜けると同時に、大斧を持つ腕を狙って切りつける。

『ブヒィイイイイイーッ‼』

狙い通り、オークキングの片腕を切り落とすことに成功した。

大斧をもう一方の手で使われるのを阻止するために、切り落とした片腕と斧をまとめて確保して、《無限収納《インベントリ》》に納めてしまう。

『ブヒィィ！』

「うわっ！」

しかし、オークキングの悲鳴が響いた直後、空気圧で抑え込んでいたオークジェネラルの抵抗が激しくなった。

『ブヒィィイイー』

「おっと！　――あっ、しまった！」

そして痛みで苦しんでいたオークキングも、オークジェネラルに気を取られた隙に体当たりしてくる。

僕は咄嗟に避けたが、空気圧に割いていた魔力が少し乱れてしまい、その隙を逃さずオークジェネラルが自由になってしまった。

「俺が相手だ！」

オークジェネラルの動きにいち早く気がついたエヴァンさんが、オークジェネラルに対峙する。

「くっ！」

『ブヒィ！』

「はっ！」

オークジェネラルが振り回す剣をエヴァンさんは大剣で受け止め、動きが止まったところをすかさずスコットさんが攻撃を仕掛ける。
しかし、オークジェネラルはスコットさんの攻撃を素手で受け止め、さらにエヴァンさんの大剣を押し返した。
『ブヒィィ！』
オークジェネラルはさらに追撃。攻撃を受けたエヴァンさんが後方へ吹き飛ぶ。
「エヴァンさん‼　――っ！　《エアシールド》」
エヴァンさんに駆け寄ろうした瞬間、オークキングが拳《こぶし》を振り下ろしてきたので、僕はそれを間《かん》一髪《いっぱつ》、風の盾で防ぐ。
「ジュール！　フィート！」
僕はすぐにジュールとフィートを呼び出した。
《お兄ちゃん、ボクの出番？》
《大丈夫だったよ～……っていう報告ではなさそうね》
「オークジェネラルとオークメイジを頼む！」
《了解！》
《わかったわ！》
僕が簡潔に命令を出せば、ジュールとフィートはすぐさま目標に向かって駆けていく。

僕はオークキングの相手をしつつ後方を確認する。

そこでは、スコットさんがエヴァンさんのもとに駆けていた。ホッとした表情をしているので、怪我はしていても命には別状ないのだろう。

僕が自分の力を過信した結果がこれだ。最初からジュール達を投入していれば、こんなことにならなかったのに……と後悔が募る。

空気圧を解除し、風の盾でオークキングの拳を弾き返すと、僕は改めてオークキングと向き合う。

「さあ、ここからが本番だ」

『ブヒィィイイイー!!』

僕の宣言に応えるようにオークキングが雄叫びを上げる。

「《エアショット》《ファイヤーボール》」

僕はまず、空気弾に炎を纏わせたものをたくさん放つ。

オークキングは片腕の上に武器も持っていないので、防げる数に限りがあるのだろう。何発かは当てることができた。

「《エアショット》《ファイヤーボール》《アクセル》――これで終わりだ！」

これなら早々に決着をつけられると思った僕は、同じ魔法をもう一度繰り返しつつ、加速魔法で一気に近づき――首を刎ねた。

正直、自分の不甲斐《ふがい》なさに対する八つ当たりもあったけどね。

「残りは！」
オークキングを仕留めてから全体を見渡すと、戦闘は既に終わっていた。
気配も探ってみたが、オークの残党はいないようだ。ホッと息を吐くと、ジュールとフィートが駆け寄ってくるのが見えた。
《お兄ちゃん、こっちは終わったよ》
《兄様、怪我はない？》
「ないよ。ジュール、フィート、ありがとう。えっと……そのままだとみんなが怯えそうだから、とりあえず小さくなってくれるか？」
《わかったー》
《それもそうね》
ジュールとフィートを撫でてから、小さな姿になってもらう。
冒険者達が遠巻きでこちらを眺めているのがわかったので、威圧感を減らすためにな。
「スコットさん！　エヴァンさんは⁉」
ジュールとフィートに少し待っているように言ってから、僕は急いで倒れているエヴァンさんのところへと向かう。
「気を失っていますが、大きな外傷はありません。じきに目を覚ますでしょう」
「……そうですか。良かった～」

派手に吹き飛ばされたように見えたが、大きな怪我はないようだ。それを聞いて再び、ホッと息を吐く。

「タクミさんにはいろいろ聞きたいことがありますが……それは落ち着いてからですね。とりあえず、怪我人の手当てと片づけを優先しますか」

「あ～、はい、そうですね。じゃあ、僕は怪我人の確認に行きますね」

「いいえ、タクミさんはオークを倒した数が他の者とは桁違《けたちが》いですから、素材回収に行ってください。ほら、あなたの従魔が一生懸命、オークを集めていますよ」

「え？　うわっ、本当だ！」

スコットさんの言葉を聞いて振り返ると、ジュールとフィートがオークの死骸を一か所に集めているのが見えた。

スコットさんに断りを入れてからジュールとフィートの下に戻れば、二匹は嬉しそうに尻尾を振ってくる。

《お兄ちゃん、集めておいたよ！》

《とりあえずはわかる範囲だけどね。兄様、オークはどのくらい倒したのかしら？》

今回の依頼では、魔物の素材は倒した者に権利がある。

ジュールとフィートはそれを知ってか知らずか、オークキングの死骸の傍に自分達が倒した上位種やオークを集め、さらに僕がどれだけ倒したのかを尋ねてくる。

「えっと……結構いっぱい？　首を刎ねているのはほとんど僕かな」
《あら、それならわかりやすいわね》
《だね。じゃあ、それも集めてくるから、お兄ちゃんはここにあるやつをしまっておいてね》
ジュールとフィートは冒険者達の間を縫って走り、オークの死骸を集め始めた。
僕は言われた通りオークキングなどの死骸を《無限収納《インベントリ》》に入れてから、ジュールとフィートの後を追った。
《お兄ちゃん、いっぱい倒したね～》
「だね。こんなに倒していたんだな～」
回収したオークの死骸は百を超えていた。僕は自分が倒したオークの数に、改めて驚く。
《上位種はほとんど兄様が倒したんでしょう？》
「そうだな。でも、上位種は全部僕が相手するって豪語《ごうご》してたのに、一匹は任せちゃったんだよな～」
実は上級魔法を放った時、ハイオークの一匹が魔法を逃れていた。
ただ、僕はオークキングの相手で手一杯だったため、エヴァンさんが倒してくれたのだ。
「ずっと物事が上手くいっていたから、自信過剰になっていたのかな～」
《怪我した人はいても死んだ人はいないんでしょう？　大丈夫！　それなら、お兄ちゃんはばっちり仕事したよ》

《そうね。兄様、今回は不測の事態があったのでしょう？　オークキングがいたのにもかかわらず、ほぼ予定通りに終わったのだから、問題ないじゃない》

「……そうかな？」

《《そうだよ！》》

僕が溜め息を吐いていると、ジュールとフィートが慰めてくれる。

「ジュール、フィート、ありがとう」

《ボクは事実を言っただけだよ～》

僕がお礼を言えば、ジュールは思いっ切りジャンプして僕の懐に飛び込んでくる。

それを咄嗟に抱き留めると、撫でてと言わんばかりにすり寄ってくるので、思いっ切り撫でてあげた。

《ふふっ、それにしても、ヘコんでいる兄様は貴重だったわ～》

ジュールを甘やかしているのを見て、フィートは微笑んでいた。

フィートのお姉さんっぷりがまた上がっているな～。

オークを回収した後は、オークの巣の後片づけをしたんだけど……はっきり言って戦闘より、こちらのほうがかなり面倒だった。しかも時間が掛かった。

数ある小屋を潰《つぶ》して燃やしたり、洞窟の中を確認したりと……本当に大変だった。

「……っ～」

「あ、エヴァンさん、気がつきました？」

何とか片付けも終わって、野営地に戻って休んでいたら、気を失っていたエヴァンさんが目を覚ました。

「何だ、その犬と猫は？」

「僕の契約獣です」

エヴァンさんが開口一番に聞いてきたのは、僕が抱いていたジュールとフィートのことだった。

ジュール達の存在はもう知れ渡っているので、影には戻さずに一緒に行動している。

エヴァンさんが気絶してから二匹を呼び出したので、戦っている姿は見ていない。しかし、今はジュールとフィートが小さい姿だったため、エヴァンさんには二匹が契約獣には見えなかったようだ。

「契約獣？　ペットじゃなく？」

「契約獣です。それで、僕の切り札です。まあ、今は仮の姿ですけどね」

「んん？」

エヴァンさんは不思議そうに首を傾げている。

正体を知る近くにいた冒険者は、二匹の正体をばらした時のエヴァンさんの驚きを想像してか、ニヤニヤとしていた。

……というか、エヴァンさんが目を覚ました時、何も告げずに目の前で正体をバラしてほしいと言ってきたのは彼らである。
「本当の姿が見たいですか？」
「あ、ああ」
「ジュール、フィート、エヴァンさんが本当の姿を見たいって」
《わかったー！》
《ふふっ、わかったわ》
「うわっ!!」
ジュールとフィートに元の姿に戻ってもらうと、エヴァンさんが叫び声を上げた。
まあ、突然、間近にフェンリルと飛天虎が現れたら……叫ぶよな～。
「はぁ!?　え？　えぇぇ!?」
エヴァンさんは大混乱している。
《兄ちゃん、何の騒ぎ～？》
《あ、ジュールとフィートの本来の姿を見せたんですね》
《それで、さっきの叫びなのね！》
既に合流し、他のみんなにも紹介していたベクトル、ボルト、マイルも近くにやってきた。
「ちょっ！　はぁぁぁあ!?」

エヴァンさんがまた叫び声を上げた。

周りにいた冒険者達は、エヴァンさんの姿を見てゲラゲラと笑っている。とはいっても、彼らも少し前にはエヴァンさんのように絶叫していたんだけどね。

「ス、スカーレットキングレオ‼」

ベクトルは小さくなっているんだけど……スカーレットキングレオであることは丸わかりなんだよね～。だがまあ、冒険者達は正気に戻るのも早く、無邪気なベクトルの遊び相手になってくれていた。

そんな訳でエヴァンさんの反応を楽しんでいると、息を切らしながら睨まれてしまう。

「やべぇ……叫び疲れた……」

「えっと……お疲れ様です？」

「タクミ、おまえな！　何だよあれ、契約獣の種族と数！　規格外過ぎるだろう‼」

「みんな良い子ですよ」

「そういうことじゃねぇよ！」

エヴァンさんが説教（？）をしてくるが、ジュールを撫でながらなので迫力は欠ける。

しかも、撫で方が気持ちいいのか、ジュールはとろ～んとした表情をしていた。

《あ～、なかなか良い撫で方。お兄ちゃんの次に良いかな？》

「エヴァンさん、ジュールが気持ちいいって言っていますよ」

「お、本当か？　――よーし、よし、ここはどうだ？」
《あ～、そこそこ～》
エヴァンさんは本格的にジュールを撫でる……というかマッサージを始めたので、説教はうやむやになり、僕は解放された。
そして一晩野営をした僕達は、朝早くから移動して、昼過ぎにはルイビアの街へと戻ってきたのだった。

「「おにーちゃん！」」

「アレン、エレナ！　ただいま～」

冒険者ギルドに入るとアレンとエレナが待っていて、飛び込むように抱き着いてきたので、思いっ切り抱きしめた。

報告のため、昨日のうちに数人街へ戻っていたので、ルーウェン家にも僕達が大体この時間に帰ってくるのが伝わっていたのだろう。

「良い子にしてたか～？」

「「してたよ！」」

「そうか。偉い偉い」

「「おにーちゃんは？　けがない？」」

「ないよ。ジュール達にも手伝ってもらったからな」

「「そっか～」」

冒険者達に存在は知られることになったが、とりあえずジュール達には影に戻ってもらっている。さすがに街中で連れて歩くのは騒ぎになりそうだしな。

「タクミくん、おかえり」

「タクミさん、怪我はない？」

「ヴェリオさんとレベッカさんまで？　あ、ただいまです」

ギルドにはヴェリオさんとレベッカさんもいた。

「私は討伐の報告を聞く必要があるからね」

「私は子供達の付き添いよ」

……まあ、いて当然だよな。

僕はまず、二人にお礼を言う。

「ですよね。あ、詳細は後で報告しますが、しっかりと討伐してきましたよ。それと、子供達の面倒を見てくださってありがとうございました」

「タクミさん、お礼を言うのはこちらのほうよ」

「そうです。タクミくん、ありがとうございます」

僕がそう言うと、逆に二人からもお礼を言われた。

これは、オークの巣を潰したことに対してだろう。

領内で起きたことだから、二人とも安堵《あんど》した様子だ。

「さて、報告を終わらせてしまうか。――アレン、エレナ、報告があるから、もうちょっとだけ待ってて」

「「えぇ～」」

ギルドへの報告のためにもう少しだけ離れているように言うと、アレンとエレナは不満そうな声を出す。

「肉がいっぱい手に入ったから、報告が終わったらお肉パーティしようか」

「「おぉ～」」

「じゃあ、行ってくるね」

「「わかったー。まってるー」」

子供達のことはもう少しだけレベッカさんに任せ、ヴェリオさんやスコットさんと一緒にギルドマスターの執務室へ移動して報告を済ませることにした。

オークはしっかり全滅させたことや囚われた人がいなかったことに、もちろん、オークキングがいたのこともね。

非常に驚いたようで、ヴェリオさんやノアさんは報告の間、ずっと目を見開いていたのだった。

報告が終わったら、子供達と約束したお肉パーティだ。

「タクミ、みんなで打ち上げしよぜ」

「いいですけど、みんなって……入れるお店はありますか？」

「大丈夫だ！　場所は確保したぞ！」

エヴァンさんは自信たっぷりだったが……店ではなく、何故か冒険者ギルドの食堂だった。

それもオーク討伐に行った人達だけでなく、冒険者ギルドにいた冒険者などが入り乱れていた。

「そういえば、エヴァンさん達はオークの素材の売却は終わったんですか？」

「ああ、討伐の依頼料も貰ったし、オークの素材も売ったから懐は暖かいぞ～。あ、タクミはまだか？　それならすぐに行ってこいよ」

「そうですね。そうします」

食堂に入る前に受付カウンターへ戻り、依頼の完了手続きをしてしまう。

あとは素材の売却だが、それについては保留にした。

オークは他の冒険者達が売っていると思うので、保存が利く僕は日にちをずらすことにしたのだ。

あとは、オークキングやオークジェネラル、オークメイジだが……ヴェリオさんとノアさんから、売るか売らないかどちらにしても待ってくれて言われている。

それは良いんだけど、一つだけお願いしたいことがあるんだよね。

「ハイオークを二体、急ぎで解体してもらいたいんですが、やってもらえますか？」

「大丈夫だと思いますけど、理由を窺っても構いませんか？」

「ここの食堂で打ち上げをするみたいなので、みんなで食べようかと思いまして」

「え⁉　オークじゃなく、ハイオークを⁉　高級品の部類ですよ？」

せっかくなのでハイオークのお肉を振る舞おうと解体をお願いすると、受付嬢に驚かれた。

まあ、オーク肉でも一般家庭ならば奮発して買うような肉で、ハイオークはさらに高価だもんな～。

「作戦では僕の我儘を聞いてもらいましたしね。そのお礼代わりにしようと」

「……気前が良いですね」

受付嬢は驚きつつもしっかりと解体の職員に声を掛けてくれ、すぐに解体してもらえた。

「よかったら後で食べに来てください」

受付嬢や解体の職員にも声を掛けてから、僕は食堂へと戻る。

「「おにーちゃん！」」

食堂に入るなり、アレンとエレナが大きく手を振りながら呼んでくる。

そんな二人がいるあたりを見て、僕は唖然とした。

「……うわ～」

アレンとエレナはレベッカさんと一緒にいて、さらにはヴェリオさんとノアさんも合流して、顔見知りだからかエヴァンさんとスコットさんが一緒にいるのだが……その周りだけが異様に空いているのだ。

食堂は混んでいるんだけどな～。

「既にみんな飲み始めていると思ったんですけど……注文もまだっぽいですね？」

周りをよくよく見渡せば、冒険者達は緊張した面持ちで待機している状態だった。

「ハイオークを解体してもらって焼くようにお願いしてきましたら、好きなだけ食べてください」

「「わーい！」」

「本当かっ⁉」

子供達とエヴァンさんが嬉しそうだ。

「ここにいる冒険者達にも振る舞いますから、ノアさんもたくさん食べてくださいね」

「ちょっと待て、このテーブルの者だけじゃなく、食堂にいる全員にか？　かなりの量だぞ」

「二体分の解体をお願いしましたけど、足りないですかね？　もう一体いるかな？」

「……いや、十分だと思う」

「タクミくんらしいね～」

「そうね～」

ノアさんは唖然としているようだが、ヴェリオさんとレベッカさんは微笑ましそうである。

「お、お待たせいたしました」

「何だ？　ステーキじゃないのか？」

しばらくすると、料理人が緊張した様子で焼けたお肉を持ってきてくれたのだが……それを見たエヴァンさんが不満そうな顔をする。

冒険者達にはステーキで提供されるだろうが、僕達のとこだけはひと口サイズで、ほぼ味付けしない状態で焼くようにお願いしてきたのだ。

「とってきのものがありますからね」

僕はお手軽塩シリーズの他に、作っておいた数種類の焼き肉用のタレを《無限収納《インベントリ》》から取り出した。

「「おにーちゃん、これはー？」」

「お肉のタレだよ。好きなのをつけながら食べるんだ。いろいろ試してみな」

「「うん！」」

ショーユにすりおろしリーゴや蜂蜜、ニンニクなどを加えて作った甘ダレ、ミソをベースにしたミソダレ、ショーユベースのニンニク増し増しのタレやショーユベースのショーガ増し増しのタレ、おろしポン酢、葱塩《ねぎしお》ダレなどを用意した。

「なるほど、いろんな味を試せるように、肉はこの大きさなんだな！」

ガッカリしていたエヴァンさんだが、僕の出したタレを見て子供達と争うように食べ始めた。

「タクミさんはいろいろ作っていますね～」

「タクミくんが作ったものは、どれも美味しいんだよね」

「タクミさんったら、次から次と凄いわね～」

スコットさんは落ち着きつつもかなり興味津々な様子で食べ始め、ヴェリオさんとレベッカさんは慣れたように食べ始めていた。

ノアさんだけ出遅れていたが、ヴェリオさんがしっかりと勧めてくれていたので、僕も子供達の感想を聞きながら食べ始めた。

「「おいしい！」」

「本当？　どれが好き？」

「「ぜんぶ！　でも、あまいのがいちばん！」」

子供達は甘ダレが一番好みのようだ。

まあ、作ったものの中では特に甘ダレは子供達の口に合うように調整して作ったので、一番と言われるのは嬉しいな。

タレを試したみんなには、好みはあるもののどのタレも美味しいと評価をいただいた。

その後、打ち上げはわいわいと盛り上がり、最終的にはジュール達も呼び出して凄い騒ぎになったが、とても楽しいひと時となったのだった。

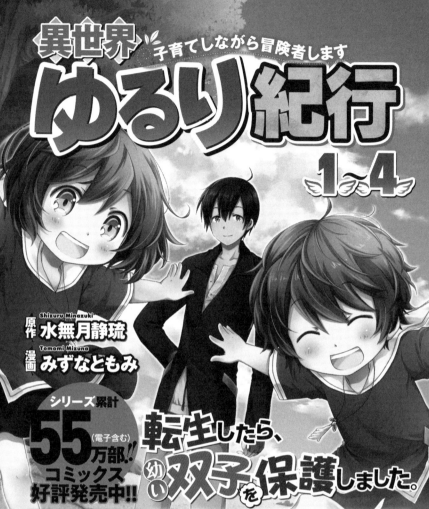

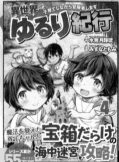

あずみ圭
月が導く異世界道中
Tsukiga Michibiku Isekai Dochu
1~17
8.5
シリーズ累計200万部の超人気作!(電子含む)
TVアニメも大好評!!
CV 深澄 真:花江夏樹
巴:佐倉綾音 澪:鬼頭明里
監督:石平信司 アニメーション制作:C2C
レシート応募プレゼント
キャンペーン実施中!!
2021年6月4日～2021年9月30日まで
詳しくはこちら
●各定価：1320円(10%税込)
●illustration：マツモトミツアキ
1～17巻好評発売中!!
漫画：木野コトラ
●各定価：748円(10%税込) ●B6判
コミックス1～9巻好評発売中!!

過労死した俺は異世界に転生し、アルフレッドという6才の少年として生きることに。前世が薄幸だった分、家族と穏やかに暮らしたい……と思っていたら魔法はチート級、剣技も大人顔負けと、なんだか穏やかじゃない!?　更にお手伝い感覚で村を整備したら、随分立派な感じになってしまった。その評判を聞きつけて王都の騎士団が調査に来るし、時を同じくしてゴブリンの軍勢に襲われるし……もしかして俺、トラブル体質?

◉定価：1320円（10%税込）　ISBN 978-4-434-29398-6　◉illustration：結城リカ

この作品に対する皆様のご意見・ご感想をお待ちしております。
おハガキ・お手紙は以下の宛先にお送りください。

【宛先】
〒150-6008 東京都渋谷区恵比寿4-20-3 恵比寿ｶﾞｰﾃﾞﾝﾌﾟﾚｲｽﾀﾜｰ 8F
（株）アルファポリス　書籍感想係

メールフォームでのご意見・ご感想は右のＱＲコードから、
あるいは以下のワードで検索をかけてください。

アルファポリス　書籍の感想　検索

ご感想はこちらから

本書はWebサイト「アルファポリス」（https://www.alphapolis.co.jp/）に投稿されたものを、改稿、加筆のうえ、書籍化したものです。

異世界《いせかい》ゆるり紀行《きこう》 ～子育《こそだ》てしながら冒険者《ぼうけんしゃ》します～ 11

水無月静琉（みなづきしずる）

2021年 9月 30日初版発行

編集－村上達哉・宮坂剛
編集長－太田鉄平
発行者－梶本雄介
発行所－株式会社アルファポリス
〒150-6008 東京都渋谷区恵比寿4-20-3 恵比寿ｶﾞｰﾃﾞﾝﾌﾟﾚｲｽﾀﾜｰ8F
TEL 03-6277-1601（営業） 03-6277-1602（編集）
URL https://www.alphapolis.co.jp/
発売元－株式会社星雲社（共同出版社・流通責任出版社）
〒112-0005 東京都文京区水道1-3-30
TEL 03-3868-3275
装丁・本文イラスト－やまかわ
装丁デザイン－AFTERGLOW
印刷－中央精版印刷株式会社

価格はカバーに表示されてあります。
落丁乱丁の場合はアルファポリスまでご連絡ください。
送料は小社負担でお取り替えします。

ISBN978-4-434-29399-3 C0093